DU MÊME AUTEUR

CLARA LA NUIT, roman, *Gallimard*, 2004.

SŒURS, roman, *Gallimard*, 2005.

LES ANGES DÉÇUS, roman, *Éditions Héloïse d'Ormesson*, 2007.

FACE AU PACIFIQUE, roman, *Éditions Héloïse d'Ormesson*, 2009 (Pocket nº 14188).

L'ENFANT DE CALABRE, roman, *Éditions Héloïse d'Ormesson*, 2013 (Pocket nº 15791).

L'HISTOIRE D'UN AMOUR, roman, *Éditions Héloïse d'Ormesson*, 2014 (Pocket nº 16300).

POUR QUE RIEN NE S'EFFACE, roman, *Éditions Héloïse d'Ormesson*, 2017 (Pocket nº 17086).

CATHERINE LOCANDRO

DES CŒURS ORDINAIRES

roman

nrf

GALLIMARD

« Ne savez-vous pas que vous êtes ma vie ? Mais je ne connais plus la tranquillité et ne saurais vous la donner. Me donner tout entier, donner mon amour, oui. Je ne puis vous séparer de moi par la pensée. Vous et moi ne faisons qu'un, à mes yeux. Je ne vois aucun moyen de tranquillité ni pour vous, ni pour moi dans l'avenir. (…) »

Léon Tolstoï, *Anna Karénine*

« L'enfer est plein de bonnes volontés ou désirs. »

Saint Bernard de Clairvaux

« Ce jeu des apparences était bien plus que son métier ou sa passion. Il était devenu sa vie tout entière. À tel point qu'il ne savait plus, sous la multitude de masques, à quoi ressemblait son vrai visage. Il était perdu pour lui-même, et appartenait au monde. »

Théodore Sargue, *L'homme imaginaire*

I

Il y a un an

1

Journal d'Anna, le 18 janvier

Il n'y a plus ni eau chaude ni chauffage. C'est la mauvaise surprise du jour. L'appartement est glacial. Passé midi, j'ai enfilé un des gros pulls de Sacha pour pouvoir travailler et cesser de grelotter.

Sacha a appelé le propriétaire, qui s'est chargé de contacter un chauffagiste. Le réparateur viendra demain matin.

Je suis donc restée tout l'après-midi perchée sur un des tabourets du bar, dans la cuisine, puisque l'établi sur lequel j'aime installer mon ordinateur pour travailler se trouve dans la pièce la plus froide. Fiche de lecture terminée péniblement, mais terminée tout de même ! Je l'enverrai à François demain. Et je récupérerai d'autres manuscrits dans la semaine.

Maintenant il est dix-huit heures et le pull de Sacha ne suffit plus à me réchauffer. Je me suis rendu compte qu'il y avait son odeur sur les manches, au niveau des poignets. Ou plutôt, l'odeur de ses mains, qui gardent les traces de son travail de la journée quand elles se posent sur moi le soir : exhalaisons de colle, de vernis et de bois. Ces senteurs intrinsèquement liées à lui, que rien ne peut masquer ni effacer, aucun savon, pas même son eau de toilette et ses notes acidulées de bergamote.

L'odeur de ses mains est celle que j'aime le plus au monde.

(Ces mots le feraient sourire. Il se moquerait gentiment de moi et me conseillerait d'écrire des romans, plutôt que de les lire.)

Envie que Sacha rentre, mais il ne sera pas là avant une bonne heure et demie… Je ne parviens pas à me sentir chez moi, dans cet appartement, lorsqu'il n'y est pas. Je suis partout une étrangère lorsqu'il n'est pas à côté de moi.

J'aimerais entendre les bruits familiers qui annoncent son retour. Le grincement de la porte de l'ascenseur, le cliquetis des clés dans la poche de son manteau… Qu'il soit enfin là et que ses bras entourent mes hanches, refermant ce cercle parfait qui exclut tous les autres, tout ce qui n'est pas nous. Chaque soir, le même rituel, la même impatience. La même envie de glisser nos doigts sous les couches de vêtements pour y trouver nos peaux sans attendre…

Ne surtout pas oublier cette phrase, lue aujourd'hui, unique pépite d'un manuscrit par ailleurs inintéressant :

Pourquoi n'avons-nous pas des cœurs ordinaires ?

2

La première fois que Gabrielle avait croisé Anna, c'était devant les boîtes aux lettres de l'immeuble, une matinée de décembre. Elle s'en souvenait parfaitement. Elle n'avait encore jamais vu cette jeune femme et l'avait observée du coin de l'œil, faisant mine de fouiller dans son sac après l'avoir saluée d'un « bonjour » cordial. La nouvelle venue avait répondu un peu sèchement, s'était empressée de récupérer le courrier dans la boîte marquée du nom de Malkine, puis avait repris l'ascenseur sans un dernier regard ni un mot pour Gabrielle. Celle-ci avait refermé son sac et quitté l'immeuble, sa curiosité en partie satisfaite. Elle connaissait le dénommé Malkine, un homme d'une petite trentaine d'années qui vivait au quatrième étage, dans l'appartement juste au-dessus du sien. Un beau brun au physique d'acteur, pas très bavard, avec qui elle avait pris l'ascenseur quelques fois. Il semblait vivre seul, partait tôt le matin et rentrait tard le soir. Gabrielle l'entendait marcher lorsqu'il était chez lui. D'ailleurs, elle avait récemment remarqué des bruits de pas dans la journée et s'était demandé s'il était en congé.

Elle avait donc eu la réponse à sa question : son voisin n'était pas en vacances mais avait de la compagnie. Petite amie, épouse, famille ? Elle avait vu le visage de la jeune femme trop brièvement pour y déceler une ressemblance. Elle lui avait en tout cas paru jolie, une chevelure brune relevée en chignon, un port de tête élégant, une silhouette élancée (un peu trop selon les critères esthétiques de Gabrielle).

Après cette rencontre, elle avait continué d'entendre les pas légers de l'inconnue, allant et venant au-dessus de sa tête, parfois les notes étouffées d'une musique en milieu d'après-midi… Son séjour dans l'appartement de Malkine semblait donc se prolonger. Cependant, Gabrielle ne l'avait plus revue. Ni devant les boîtes aux lettres, ni dans l'ascenseur qui aurait été l'endroit idéal pour entamer une conversation. À croire que sa voisine ne mettait jamais le nez dehors, ou qu'elle n'était que le fruit de son imagination.

Sa surprise fut donc immense quand un mois plus tard, sur les coups de midi, quelqu'un sonna à sa porte et qu'elle se retrouva face à cette apparition : le fantôme soudain incarné de la marcheuse du quatrième. Elle était vêtue d'un pull à col roulé trop grand pour elle et dont elle avait retroussé les manches, d'un jean informe, et en dépit de ce manque d'élégance gardait cette distinction naturelle que Gabrielle avait remarquée lors de leur première rencontre. Elle paraissait terriblement gênée et chercha ses mots avant de se présenter :

— Je suis votre voisine du dessus…, dit-elle en pointant du doigt le plafond de Gabrielle.

Elle expliqua ensuite un peu précipitamment qu'elle avait attendu toute la matinée le réparateur de sa chaudière, et que celui-ci venait de l'appeler pour l'informer qu'il passerait plutôt en début d'après-midi, entre quatorze et quinze heures.

— Je ne pourrai pas être présente, poursuivit-elle, le souffle court. Est-ce que cela vous dérangerait, si vous êtes là, d'aller ouvrir la porte au dépanneur et de la refermer ensuite ?

Elle montra à Gabrielle les deux clés qu'elle tenait à la main et précisa encore :

— J'ai frappé chez mes voisins de palier, mais je crois qu'il n'y a personne en journée...

Effectivement, l'immeuble était occupé en majorité par des gens actifs, dans la fleur de l'âge ou même plus jeunes. Gabrielle se savait être la seule retraitée avec Monsieur Domange, un homme âgé qui habitait au cinquième et dernier étage, et dont elle croisait régulièrement l'infirmière qui lui prodiguait des soins à domicile.

— Ne vous en faites pas, dit-elle en souriant à sa visiteuse. Je m'occuperai de votre dépanneur. Ces gens-là ne respectent jamais les horaires qu'ils donnent.

La jeune femme la remercia et lui tendit ses clés à contrecœur, ne les quittant pas des yeux lorsqu'elles passèrent de ses mains à celles de Gabrielle. Puis elle précisa qu'elle serait de retour vers seize heures trente.

— Je serai là, vous pourrez venir les récupérer, lui assura Gabrielle en se tournant pour poser les clés sur une console juste derrière elle.

Lorsqu'elle fit de nouveau face à son interlocutrice, celle-ci lui dit « À tout à l'heure », avec un sourire timide, puis s'empressa d'aller remonter l'escalier menant à son étage. Gabrielle, encore sous le coup de la surprise, ne sut quoi penser de ce premier échange, sinon que sa nouvelle voisine était effectivement ravissante, bien qu'un peu pâlichonne.

Le réparateur de la chaudière arriva un peu avant quinze heures chez Gabrielle, qui l'accompagna jusqu'à la porte d'entrée de Malkine. Elle ouvrit les deux serrures et laissa passer le chauffagiste devant elle. Se rendant compte que l'appartement avait strictement la même configuration que le sien, elle indiqua l'emplacement de la chaudière au technicien qui se mit immédiatement au travail. Il était jeune, sympathique, et suffisamment bavard pour que Gabrielle prenne plaisir à lui faire la conversation. Ils discutèrent le temps que dura la réparation et Gabrielle, profitant qu'il lui tourne le dos, jeta un coup d'œil aux différentes pièces de l'appartement. La chambre, où elle aperçut un grand lit à la couette blanche impeccablement rabattue par la porte entrebâillée ; la pièce mitoyenne, dont elle remarqua depuis le seuil le léger désordre et les nombreux livres, rangés dans une bibliothèque ou empilés de manière anarchique sur un établi massif en bois usé ; la grande pièce à vivre, avec dans son coin cuisine un bar sur lequel trônaient un ordinateur portable et ce qui ressemblait à un gros dossier. Sur la première page, elle lut « Le déclin d'une reine – Roman ». La jeune femme qui vivait avec Malkine était-elle écrivain ? Du côté salon, les meubles étaient assez beaux mais dépareillés en époques et en genres. Étrangement, l'ensemble n'était pas désagréable à regarder et dégageait une certaine convivialité. Les murs étaient blancs et nus. Elle rechercha un cadre, une photographie témoignant d'une intimité, d'un souvenir, mais n'en trouva pas.

Il fallut un peu moins d'une heure au technicien pour réparer la chaudière. Gabrielle était restée tout ce temps avec lui, un temps suffisant pour apprendre qu'il était marié, qu'il avait un petit garçon de trois ans, que ses parents vivaient en Touraine, et bien d'autres choses qu'il lui avait confiées sans rechigner. De son côté, elle lui avait parlé de son fils unique, qui était plus âgé que lui et s'était installé à Nouméa avec sa femme et ses deux filles. Lorsqu'il commença à ranger ses outils, Gabrielle s'aperçut que sa voisine ne lui avait donné aucune consigne relative au paiement. Elle s'en inquiéta auprès du réparateur, qui la rassura en lui expliquant que son patron verrait ça directement avec le propriétaire. Ils se séparèrent sur le palier, où le jeune homme prit l'ascenseur et Gabrielle hésita un long moment entre prolonger son exploration ou regagner son logement. Elle opta pour la seconde solution, redoutant le retour imminent de sa voisine.

Celle-ci revint une demi-heure plus tard, et c'est avec un sourire de connivence que Gabrielle lui rendit ses clés.

— Vous dormirez au chaud ce soir, lui certifia-t-elle avec cet air de fierté que donnaient les missions accomplies.

La jeune femme, qui semblait toujours aussi mal à l'aise,

s'acquitta des remerciements d'usage et s'apprêtait à partir lorsque Gabrielle lui proposa un thé.

— J'étais en train de faire chauffer de l'eau. Est-ce que ça vous dirait ?

Ce fut de la panique que Gabrielle vit passer dans les yeux de son interlocutrice, qui prétexta un travail important à terminer pour pouvoir se carapater et monter l'escalier salvateur menant au quatrième.

Une fois sa porte refermée, Gabrielle se sentit partagée entre l'amusement, l'agacement, et une curiosité exacerbée par l'attitude fuyante de sa voisine. Pour elle, s'intéresser aux autres était une forme de politesse, une façon d'exprimer sa bienveillance. Elle était toujours étonnée quand sa sollicitude se heurtait à une certaine réticence, voire à un refus de communiquer.

Peut-être sa jolie voisine était-elle simplement timide ? Gabrielle se dit que d'autres occasions se présenteraient certainement, et qu'elle finirait bien par découvrir qui au juste vivait au-dessus de sa tête.

3

Journal d'Anna, le 20 janvier

Sacha est contrarié depuis hier soir. Il essaie de le cacher, mais je l'ai compris aux sourires absents qu'il s'est fait un devoir d'afficher ce matin. Au manque de chaleur dans sa voix, lorsque nous nous sommes parlé au téléphone durant sa pause-déjeuner.

Est-ce que j'aurais dû l'écouter et annuler ma séance chez le psy, plutôt que de confier nos clés à la voisine du dessous ? J'ai besoin de ces séances, il le sait… Qu'aurais-je pu faire d'autre ? Impossible pour lui de quitter son atelier. Quant à repousser la venue du chauffagiste et passer ne serait-ce qu'une journée de plus dans ce froid, c'était hors de question.

Je pense que si j'avais demandé de l'aide à n'importe qui d'autre dans l'immeuble, cela n'aurait pas posé de problème. Mais il n'aime pas cette femme, la « fouineuse du troisième » comme il l'appelle. Il n'y avait rien à fouiller dans notre appartement, à part s'intéresser à un manuscrit de trois cents pages qui ne trouvera probablement pas d'éditeur (du moins je l'espère !).

Cette Madame Lamperti ne m'a pas semblé si curieuse que ça. En la voyant hier, je me suis souvenue de l'avoir croisée une fois, quelque temps après mon arrivée dans l'immeuble. J'étais descendue à pied chercher le courrier et elle était arrivée, sortant de l'ascenseur, occupée à fourrager dans son sac à main. Nous nous étions dit bonjour et, contrairement à sa réputation de bavarde, elle n'avait pas essayé d'engager la conversation. Il faut dire que je fais tout pour ne pas être engageante.

Maman a appelé tout à l'heure. Nous avons parlé de livres, comme d'habitude, et de mon « nouveau métier ». Elle m'envierait presque. Être payée pour lire des romans ! Mais ça ne l'empêche pas de se faire du souci. Je l'ai rassurée en lui disant que la vie à Paris me plaisait, que Sacha s'occupait bien de moi, que tout allait bien... Papa ne s'est pas manifesté. Il était pourtant là.

Ce coup de fil m'a plongée dans une profonde déprime, comme à chaque fois.

Journal d'Anna, le 27 janvier

Quelle illusion de croire que ma séance hebdomadaire chez Declerck peut me faire du bien ! Je mens à mon psy comme je mens à tous les autres. Aujourd'hui, c'était presque comique, ces bobards à n'en plus finir. Un vrai roman. Mais au moins, ça me change de ces journées où, une fois Sacha parti au travail, je n'entends plus le son de ma voix jusqu'au soir.

Je me souviens du jour où maman m'a offert mon premier journal intime. Un cadeau pour mes quatorze ans. Elle m'avait expliqué que les plus grands écrivains avaient affûté leur écriture et leur pensée grâce à ce compagnon à qui ils pouvaient tout confier. Que c'était ce que ce journal devait devenir pour moi : un ami à qui tout dire. À l'époque, ses paroles ne m'avaient pas touchée. J'avais écrit ce qui m'était passé par la tête deux jours de suite, pour lui faire plaisir, puis je n'avais plus rouvert mon cahier.

J'ai repensé à ce que m'avait dit maman il y a trois mois, quand je suis arrivée à Paris pour rejoindre Sacha. J'ai acheté un carnet au format A5 dans une papeterie de la rue Raymond-Losserand, avec une couverture en cuir brun et un lacet dans la même matière pour le maintenir fermé. J'ai pris conscience que ce carnet, que je remplis chaque soir avant que Sacha rentre du travail, était mon unique ami. J'en prends soin, je lui évite les ratures et le style télégraphique. Je m'applique. Mais même à lui, je n'ose pas tout dire.

Sacha avait raison. La voisine du troisième est venue sonner cet après-midi. Je ne lui ai pas ouvert. Je l'ai regardée par le judas, en essayant de ne pas faire de bruit, mais je pense qu'elle m'a entendue. Elle tenait une assiette dans les mains, avec un gâteau posé dessus, et souriait comme si elle savait que j'étais derrière la porte. Que faire si elle revient ? Jouer à nouveau les absentes ? Et si je la croise en bas de l'immeuble, est-ce que j'aurai le cran de l'ignorer ?

J'ai pris la décision de ne pas en parler à Sacha pour l'instant.

4

Durant la semaine qui suivit l'intervention du chauffagiste, Gabrielle chercha à reprendre contact avec sa voisine. Elle testa différents horaires pour aller récupérer son courrier, espérant, sans y parvenir, croiser la jeune femme, et resta particulièrement attentive aux bruits de pas qui descendaient jusqu'à elle depuis son plafond. Mais Gabrielle en conclut que la locataire du quatrième ne sortait pas beaucoup de chez elle, ce qui, tout en lui compliquant la tâche, attisa un peu plus sa curiosité.

Elle finit par choisir la solution la plus simple en allant sonner à la porte de Malkine un début d'après-midi, ses mains tenant fermement une assiette sur laquelle refroidissait une moitié de cake au citron tout juste sorti du four. Un grand classique des rapports de bon voisinage, s'était-elle dit en préparant sa pâte une heure plus tôt, une valeur sûre qui délogerait certainement le petit animal sauvage de sa tanière. Sa déception fut donc grande lorsque la porte du quatrième étage resta close, alors qu'elle avait entendu quelques instants plus tôt le pas aérien de sa voisine au-dessus de son salon. Elle perçut également des piétinements derrière la porte, pendant qu'elle attendait patiemment qu'on lui ouvre, et sonna une nouvelle fois, montrant son offrande et souriant au judas derrière lequel, elle en était certaine, sa voisine l'observait. Sa persévérance demeurant sans effet, Gabrielle se découragea, après un long moment, et rentra chez elle.

Elle se sentit quelque peu désœuvrée, sa moitié de gâteau entre les mains, debout au milieu de son appartement. Il était quatorze heures trente, et elle n'avait rien à faire de son après-midi. Pas de cours d'informatique, qu'elle prenait deux fois par semaine dans une association de quartier près des Halles. Ils étaient tout un groupe de seniors à suivre régulièrement cette formation. Gabrielle y avait sympathisé avec deux femmes de son âge, Laurentine et Solange, et elles prenaient le thé ensemble après l'atelier.

Gabrielle s'était inscrite trois ans plus tôt, lorsque son fils Adrien avait quitté la France avec sa famille. Nouméa était une destination bien lointaine, et ils ne revenaient dans l'Hexagone que deux fois par an. Adrien se partageait alors entre ses beaux-parents qui vivaient en Sologne, sa mère et les amis qu'il avait gardés à Paris. Autant dire que Gabrielle profitait très peu de son fils unique et de ses deux petites-filles à chacune de leurs venues. Elle avait fait part de sa frustration à Adrien, qui n'avait pas augmenté le nombre de ses visites mais lui avait offert une tablette tactile. Il lui avait expliqué succinctement l'intérêt de posséder un tel objet, lui faisant la démonstration de Skype, cette application qui leur permettrait de s'appeler, et surtout de se voir. Gabrielle avait pris des notes, mais s'était trouvée incapable d'utiliser l'appareil une fois son fils reparti aux antipodes. D'abord déprimée face à sa propre ignorance de ces nouvelles technologies qui semblaient aller de soi pour la plupart des gens, elle s'était décidée à aller chercher de l'aide à la mairie du 14e arrondissement. Là, on lui avait donné plusieurs noms d'associations. Elle en avait appelé les responsables, et les contacts plus ou moins chaleureux qu'elle avait eus avec ces derniers avaient orienté son choix. Chaque mardi et vendredi après-midi, elle prenait le métro à Montparnasse, à un quart d'heure à pied de chez elle, et la ligne 4 l'emmenait jusqu'à la station Châtelet, où elle descendait pour se rendre à l'association Au fil des âges, rue des Lombards. Elle y avait appris à se servir de Windows et de différents outils bureautiques sur PC, et bien sûr à surfer sur Internet. Elle avait fini par s'offrir son propre ordinateur portable, sur lequel elle passait de longues heures, surtout la nuit, quand la solitude se faisait plus pesante.

L'idée d'effectuer une recherche sur Internet en tapant « Malkine » atténua la déception ressentie face à la porte fermée de ses voisins. Gabrielle déposa sur le plan de travail de la cuisine la moitié de gâteau destinée au « fantôme » du dessus, se coupa une part de l'autre moitié restée dans le four, puis elle s'assit sur le canapé, son ordinateur sur les cuisses et une petite assiette à côté d'elle. Sur Google, elle trouva plusieurs Malkine, dont un acteur français et un joueur de hockey sur glace russe, mais aucun ne correspondait à son voisin ou à la femme vivant avec lui. Elle pensa alors à Facebook, en se disant que des gens de leur âge y avaient certainement une page. Elle-même en avait une. Là encore, de nombreux Malkine apparurent, sans correspondre à l'un ou l'autre des locataires du quatrième. Gabrielle trouva cela étrange. Quelques mois plus tôt, elle avait fait la même recherche sur les habitants de l'immeuble, et l'octogénaire du cinquième mis à part, elle les avait tous retrouvés sur le réseau social. Ce nouvel échec donna à Gabrielle l'envie de retenter sa chance : elle remonterait à l'étage de ses voisins le lendemain et sonnerait une nouvelle fois à leur porte. Sa décision fut ponctuée d'un bruit sourd provenant du plafond, semblable à un signe de désapprobation.

En attendant, l'après-midi s'écoula sans qu'elle s'en rende vraiment compte, comme chaque fois qu'elle se laissait happer par le flux incessant des informations qui défilaient sur sa page. Internet avalait le temps et c'était, aux yeux de Gabrielle, le grand mérite de cette invention.

Le lendemain matin, elle patienta jusqu'à dix heures avant de reprendre le chemin du quatrième étage. Comme la veille, elle se munit de sa moitié de cake, qu'elle avait laissée sur son assiette. Mais cette fois-ci, elle ne sourit pas à l'œil sombre du judas en entendant les mêmes pas prudents s'approcher de la porte. Il y eut un long moment de silence, durant lequel la minuterie s'arrêta pour plonger Gabrielle dans l'obscurité, et la porte s'ouvrit enfin, timidement d'abord puis en grand. La voisine apparut, le visage grave, répondant du bout des lèvres au « bonjour » de Gabrielle. Cette dernière ne se formalisa pas et expliqua avec une gaieté à peine forcée la raison de sa présence :

— J'ai fait ce gâteau hier et, comme à chaque fois, je sais que je n'en viendrai pas à bout toute seule. C'est beaucoup trop pour moi. Plutôt que de le laisser se dessécher, je me suis dit que ça vous ferait plaisir… C'est un cake au citron. Vous avez déjà pris votre petit déjeuner ? Avec une tasse de thé c'est délicieux.

Cette dernière remarque lui fut dictée par l'impression tenace que la jeune femme était de constitution fragile. Sa pâleur, sa minceur, sa nervosité… Toutes ces choses qu'elle avait déjà remarquées lui sautaient à nouveau aux yeux. Un peu de sucre lui ferait certainement du bien. Gabrielle tendit son assiette et, face à l'inertie de son interlocutrice, s'inquiéta de ses goûts :

— Vous n'aimez pas le citron ?

Surprise, la jeune femme se défendit d'un « si » un peu vif. Puis, gênée, elle balbutia de vagues remerciements, ainsi que des explications pour justifier son manque d'enthousiasme : elle n'aimait pas beaucoup le sucre, mangeait très peu de gâteaux, mais c'était gentil d'avoir pensé à elle…

— Et Monsieur Malkine ? l'interrompit Gabrielle. Est-ce qu'une petite douceur lui ferait plaisir ?

Visiblement prise de court, sa voisine ne lui répondit pas mais se décida à accepter son offrande. « Je vous rends tout de suite votre assiette », s'empressa-t-elle de dire à Gabrielle en emportant le cake dans la cuisine. Abandonnée sur le seuil, Gabrielle ne résista pas à cette porte ouverte devant elle et, deux pas plus loin, se retrouva à l'intérieur de l'appartement. Se retournant au même moment, sa jeune voisine eut un sursaut, l'assiette vide lui tombant presque des mains en constatant la présence de Gabrielle dans son entrée. Celle-ci fit semblant de ne pas remarquer sa réaction et lui parla des proportions et de l'agencement identiques de leurs deux logements.

— La seule différence se situe au niveau de la cuisine, ajouta-t-elle. La vôtre est ouverte sur le salon. Moi j'ai gardé la cloison, je n'ai jamais aimé qu'on me voie cuisiner.

En récupérant son assiette, Gabrielle donna son prénom à son interlocutrice et précisa : « Au bout d'un moment, tout le monde finit par m'appeler Gaby. J'ai toujours détesté ce diminutif, mais je ne vous en voudrai pas si ça vous échappe… » À sa grande satisfaction, elle récolta un vrai sourire, pas un de ces rictus que la jeune femme lui avait servis jusque-là. Elle eut même le droit de connaître son prénom : Anna. C'était joli, Anna. À la fois doux et noble, un prénom en parfaite adéquation avec la femme qui le portait. Surtout avec ce visage, dont les traits soudain plus détendus qu'à l'ordinaire révélaient toute la finesse. Gabrielle songea qu'elle devait avoir sensiblement le même âge que Malkine. Peut-être était-elle un peu plus jeune. Elle la situait dans cette fourchette, entre vingt-cinq et trente ans, où prendre de l'âge ne signifiait pas encore vieillir.

Encouragée par l'attitude plus décontractée d'Anna, Gabrielle se hasarda même à lui parler du couple parfaitement assorti qu'elle formait avec Malkine :

— Vous allez très bien ensemble, dit-elle d'un ton complice. C'était triste de voir un beau garçon comme lui, toujours seul…

Le sourire crispé des débuts fit son retour sur les lèvres d'Anna. Gabrielle poursuivit néanmoins :

— Mais peut-être êtes-vous mariés ? Je suis trop curieuse, je le sais, mais j'ai remarqué qu'il n'y avait encore qu'un seul nom sur votre boîte aux lettres.

Anna, tendue, fixa Gabrielle un long moment, puis son visage s'adoucit à nouveau.

— Effectivement, nous sommes mariés, confirma-t-elle avec un sourire franc.

— Eh bien, félicitations à vous deux ! C'est une excellente nouvelle, dit Gabrielle avant de se détourner d'Anna pour se diriger vers la porte.

Sur le palier, elle posa encore une question à la jeune femme :

— Vous connaissiez un peu cette partie du 14e arrondissement avant de vous y installer ?

Anna répondit par la négative et Gabrielle continua :

— Je ne sais pas si vous avez déjà eu l'occasion de vous promener vers la station Pernety… C'est un coin très agréable. Avec des commerces de quartier comme on n'en trouve plus à Paris, des petites rues qui donnent l'impression de ne plus être en ville. Je vous ferai visiter, à l'occasion, si vous voulez.

Au vu de ses nombreuses heures de présence dans l'appartement et de sa mine blanchâtre, Gabrielle se doutait bien qu'Anna n'était pas du genre à traîner dehors. Cette petite avait besoin de prendre l'air, cela sautait aux yeux. Cependant, elle ne réagit pas à la proposition de Gabrielle et afficha son incompréhension lorsque, en guise d'au revoir, celle-ci lui lança :

— Vous me direz si votre mari a aimé !

Devant l'expression interloquée de la jeune femme, Gabrielle précisa :

— Le cake.

Le visage rougissant, Anna acquiesça avant de refermer rapidement sa porte.

5

Journal d'Anna, le 1er février

Terrible dispute avec Sacha.

Je ne me souvenais pas qu'il était capable d'une telle fureur. C'est à cause de la voisine, toujours elle. Et à cause de moi aussi. De mes mensonges.

Hier, nous l'avons croisée dans la cour de l'immeuble. Nous partions pour le cinéma. Elle a demandé à Sacha s'il avait apprécié le cake au citron (que j'avais jeté à la poubelle juste après sa visite), et puis elle l'a félicité pour le mariage.

Nous ne sommes pas allés au cinéma. On s'est engueulés pendant une heure, dans un café de Montparnasse, et on a continué une fois rentrés à l'appartement. Pourquoi ne pas lui avoir dit qu'elle était venue chez nous ? Qu'avais-je raconté à cette femme ?... Il m'a traitée de folle. Il a sans doute raison. Je suis folle de solitude. De tout ce que je garde pour moi et qui m'étouffe. Je savais depuis le départ qu'être ensemble, ce serait être seuls. Mais ça me pèse de plus en plus. Je n'ai pas sa force.

Plus tard il m'a demandé pardon. Il pense avoir fait une erreur, lui aussi, en restant dans cet appartement. Il aurait dû déménager avant que j'arrive, m'accueillir dans un endroit neuf, sans histoire et sans voisins qui le connaissent.

La nuit

Rien ni personne ne pourra nous enlever ça, l'amour que nous faisons si bien lui et moi.

6

Il y avait eu ces éclats de voix qui étaient descendus jusqu'à elle. C'était lui qui criait. Puis, durant les jours qui avaient suivi, l'activité encore plus réduite qu'à l'accoutumée de sa voisine, qu'elle n'avait pas entendue sortir de chez elle. Et ensuite, le silence total.

Anna était-elle malade ? Gabrielle avait pensé aller la voir, mais quelque chose l'avait retenue. Une sensation de malaise, l'impression diffuse que l'altercation entre les deux époux n'était pas étrangère à elle, ou plutôt à la discussion qu'elle avait eue avec eux lorsqu'elle les avait rencontrés dans la cour de l'immeuble. Ils s'étaient figés en la voyant arriver vers eux. Gabrielle, comme tous les dimanches matin, revenait du marché Brune où elle avait fait ses courses de fruits et légumes pour la semaine. Une habitude prise avec son mari, et qu'elle avait gardée après le décès de celui-ci. Elle traînait un caddie rempli à ras bord et s'était réjouie en apercevant le jeune couple sortir de l'immeuble. Les Malkine s'étaient immobilisés, répondant du bout des lèvres à ses salutations, et, après quelques secondes d'un silence gêné, Gabrielle avait demandé si le cake au citron avait fait un heureux. Aucun des deux n'avait répondu, Malkine s'était tourné vers sa femme et celle-ci, regardant sa montre, avait expliqué à Gabrielle qu'ils étaient pressés car ils allaient à la séance du matin dans un cinéma de Montparnasse. Gabrielle leur avait souhaité un bon film et, alors qu'ils s'étaient remis en marche pour traverser la cour, elle avait lancé à l'intention de Malkine :

— Au fait, félicitations pour votre mariage ! Tous mes vœux de bonheur...

Malkine avait ralenti et s'était retourné, adressant à Gabrielle un sourire sans chaleur. Puis il avait rejoint Anna, qui avait ouvert la lourde porte, et tous deux avaient filé.

Cette rencontre laissait Gabrielle songeuse. Si elle avait tendance à mettre l'attitude fuyante d'Anna sur le compte d'une grande timidité, Malkine lui était apparu comme un sauvage. Elle l'avait pressenti, chaque fois qu'elle s'était retrouvée face à lui dans l'ascenseur et qu'il s'était montré tout juste poli, la regardant à peine et ne lui souriant jamais. Sans doute pensait-il que son physique avantageux le dispensait d'être aimable. Il est vrai qu'il était beau garçon. Et même plus que cela. Un grand brun athlétique, racé sans être précieux, avec un regard bleu-gris qui vous troublait lorsqu'il daignait se poser sur vous. Le genre de personne que l'on remarquait lorsqu'on la croisait dans la rue. Nul doute qu'Anna était folle de lui. Cela se voyait à la façon dont elle guettait la moindre de ses réactions, ne le quittant jamais totalement des yeux. En voilà une qui n'a pas fini de s'inquiéter, s'était dit Gabrielle. Et elle avait songé à son mari, Sergio. Sans avoir la beauté de Malkine, il plaisait beaucoup aux femmes et avait usé et abusé de son charme latin tout au long de sa vie. Par ailleurs, il s'était toujours montré très possessif vis-à-vis d'elle. Un besoin d'exclusivité maladif, qui avait fait d'eux un couple solitaire, sans réelle vie sociale. Gabrielle devinait cette même nature suspicieuse chez Malkine. Et elle sentait Anna sous l'emprise de son mari. Sans doute l'intérêt qu'elle avait immédiatement porté à la jeune femme était-il né de la compréhension intuitive qu'elle avait eue de sa situation, bien avant de l'avoir vue accompagnée de son époux.

Une semaine après avoir croisé les Malkine puis entendu les échos de leur querelle, Gabrielle passa donc son week-end aux aguets, à l'écoute du silence assourdissant qui s'était abattu sur l'étage supérieur. Sa seule distraction fut son appel Skype, qui fit apparaître Adrien et sa famille sur l'écran de son ordinateur le dimanche en fin de matinée. Il était neuf heures de plus à Nouméa, ils s'apprêtaient à dîner. Ses deux petites-filles, âgées de six et huit ans, furent les premières à l'image, rieuses et agitées, la saluant en chœur puis se coupant la parole pour lui raconter leur journée. Caroline, sa bru, arriva ensuite, mettant fin à ce qui était en train de dégénérer en dispute. Elle envoya les deux fillettes à table et prit des nouvelles de Gabrielle sur ce ton compassé qu'elle employait toujours pour lui parler. L'échange dura quelques minutes et Adrien prit la relève, au grand soulagement des deux femmes. Il avait bonne mine et paraissait détendu. C'était la saison chaude en Nouvelle-Calédonie, le fils de Gabrielle était en short et en tee-shirt. Ce décalage climatique donnait aux images qui parvenaient à Gabrielle un caractère surréaliste, éloignant encore un peu plus Adrien. Elle lui demanda quand il comptait revenir en métropole, et il resta très vague. Il croulait sous le travail, son épouse aussi, et n'envisageait pas un retour dans l'Hexagone avant de longs mois. Gabrielle faillit lui rappeler la date de sa dernière visite, qui remontait déjà à près de neuf mois, mais se ravisa. Elle n'avait pas envie qu'Adrien évoque une nouvelle fois la possibilité que ce soit elle qui fasse le voyage vers Nouméa. Elle avait une peur panique de l'avion et ne s'imaginait pas passer plusieurs jours d'affilée chez son fils, coincée au bout du monde en compagnie de sa belle-fille et de ses grands airs. Dans le fond, Adrien ne devait pas y tenir non plus. D'ailleurs, il ne relança pas sa mère sur le sujet et abrégea leur conversation pour passer à table. Gabrielle eut tout de même le temps de lui dire qu'elle s'était fait une nouvelle amie, une jeune femme charmante bien qu'un peu réservée, qui vivait depuis peu dans l'immeuble avec son mari.

Ce fut après ce long dimanche après-midi d'ennui, un peu avant vingt heures, que Gabrielle entendit à nouveau des bruits en provenance de l'étage. Le parquet de ses voisins grinçait sous leurs pas. Il y eut plusieurs va-et-vient d'un bout à l'autre de l'appartement, puis l'activité des époux se ralentit. Pas de cris, aucun signe de dispute. Gabrielle, rassurée, passa le reste de la soirée assise sur son canapé, son ordinateur à côté d'elle lui transmettant les messages d'amis qu'elle ne connaissait pas.

7

Journal d'Anna, le 9 février

Je retrouve mon ami le Journal intime, que j'ai délaissé dernièrement. Il n'a pas l'air de m'en vouloir !

Sacha m'a emmenée à Trouville pour un long week-end qui nous a fait oublier l'immeuble, la voisine du troisième, Paris, ce que nous sommes ou sommes censés être dans cette ville. Trois jours, juste nous deux, dans une maison prêtée par le patron de Sacha. Une demeure magnifique, de style anglo-normand, située près de l'ancien hôtel des Roches Noires où Marguerite Duras avait acheté un appartement. À quelques pas de la plage. Un retour dans cette nature qui me manque tellement à Paris. Il a fait un temps froid mais clair, avec un beau soleil d'hiver qui par moments avait quelque chose de printanier. Sacha a pu décompresser. Durant notre séjour, son visage s'est débarrassé de cette gravité qui tient les autres à distance et ne le quitte que trop rarement.

Retour à la réalité ce matin. Sacha à nouveau tendu en partant travailler. Maman a téléphoné juste après. Elle aimerait venir à Paris, peut-être avec papa (mais j'en doute). Je n'ai pas réagi. Impossible pour moi de l'imaginer ici, avec nous... Nous avons parlé de Trouville, qu'elle ne connaît pas, et comme d'habitude de mon travail pour François, de cette lecture faite en urgence pour pouvoir rédiger mon compte-rendu avant notre départ en week-end. Je n'en reviens toujours pas d'avoir tant aimé ce manuscrit. Il partait pourtant avec un lourd handicap. Le texte m'avait été remis par François avec l'obligation de le faire passer avant tous les autres. L'auteur, dont c'est le premier roman, est un ami proche du grand patron de la maison d'édition qui attendait un retour rapide. J'avais donc ouvert le manuscrit à contrecœur, sous l'influence des préjugés que m'inspiraient cet auteur pistonné et le titre assez quelconque qu'il avait choisi : *L'homme imaginaire*. J'ai été happée dès les premiers mots. L'histoire est celle d'un comédien, parti très jeune de sa province pour aller à Paris en tant que chanteur de revue, devenu acteur célèbre, confronté à la gloire et aux compromissions qu'elle exige, aimé, jalousé, trahi. Un homme ambitieux, né en 1900 et mort presque un siècle plus tard. Un destin tragique et éclatant qui traverse les époques, en en reflétant les bouleversements et souvent la violence.

J'ai résumé ce pavé de plus de quatre cents pages au style flamboyant à maman, qui a hâte de le voir publié. Elle m'a fait remarquer, avec une pointe de fierté dans la voix, que si François m'avait confié ce manuscrit si important, c'était sans doute qu'il me faisait confiance et appréciait mon travail. Elle doit avoir raison. Je n'y avais pas pensé en héritant de ce texte, toute à l'angoisse de ne pas terminer ma fiche avant de partir à Trouville, restant cloîtrée dans l'appartement pour travailler sans relâche pendant quatre jours. Moi aussi j'apprécie cette collaboration avec François. J'aime ce travail, même s'il ne me rapporte pas grand-chose. « Une solution temporaire en attendant que tu sois d'attaque », m'avait dit Sacha lorsqu'il m'avait trouvé cet emploi.

Il s'agit donc de cela. Être d'attaque. Rester sur le qui-vive, dans un état de guerre permanent, prêt à parer et à rendre les coups. Je ne sais pas si j'en serai capable un jour.

Je suis allée faire des courses dans le quartier ce matin. Je m'attendais à tout moment à croiser la voisine, mais non. J'en ai été soulagée et, bizarrement, un peu déçue. Quel âge a-t-elle ? Soixante-cinq ans, peut-être plus ? Difficile à dire… Il y a quelque chose d'enfantin chez cette bonne femme sans complexe qui s'invite chez les gens avec sa moitié de gâteau en offrande. Elle devait être mignonne, plus jeune, avant que la vie en fasse cette petite femme rondelette et un peu hors du temps.

Sacha ne va pas tarder à rentrer. J'arrête d'écrire pour ce soir.

Trouville me manque. Tout y était plus simple.

8

La relation entre Gabrielle et Anna prit un tour plus chaleureux lors d'une journée particulièrement froide de l'hiver. Les deux femmes se rapprochèrent aux dépens d'une troisième, la concierge. Gabrielle, frigorifiée, revenait d'un cours d'informatique quand elle se retrouva face à Anna et à la gardienne, apparemment en pleine discussion dans le hall de l'immeuble. À défaut de discussion, Gabrielle se rendit tout de suite compte qu'il s'agissait de l'une de ces longues homélies que la concierge, témoin de Jéhovah, réservait aux nouveaux résidents ou à ceux qui n'avaient pas le courage de l'interrompre. Il faut dire que c'était une femme au gabarit imposant, avec un regard perçant qui semblait ne plus vouloir vous quitter une fois qu'il s'était posé sur vous. Gabrielle avait déjà eu l'occasion de lui dire tout le mal qu'elle pensait de ses méthodes de recrutement, et notamment des prospectus qu'elle déposait régulièrement dans les boîtes aux lettres. Les rapports étaient donc tendus entre les deux femmes, et la gardienne, en voyant arriver Gabrielle, mit fin d'elle-même à son prêche, la mine renfrognée.

— Vous profitez de la gentillesse de Madame Malkine, lui dit Gabrielle sur le ton de la fausse plaisanterie, mais je doute qu'elle ait envie d'être enrôlée.

— Il ne s'agit pas d'enrôlement mais de partage, répliqua aussi sec la gardienne dont le visage s'empourpra. Grâce à Dieu, tout le monde n'a pas votre étroitesse d'esprit.

— Votre Dieu est-il si mal en point pour que vous passiez votre temps à racoler et à arroser tout le quartier avec vos brochures publicitaires ?

Du coin de l'œil, Gabrielle observait Anna qui gardait le silence mais que cette joute verbale semblait amuser. La jeune femme ne put réprimer un sourire lorsque la concierge battit en retraite, retournant dans son appartement qui jouxtait l'ascenseur.

— Elle ne vous embêtera plus, lui assura Gabrielle.

— Elle n'est pas méchante, dit Anna en la gratifiant d'un vrai sourire de connivence.

— Non, juste sacrément collante. Vous partez ou vous arrivez ?

Anna, emmitouflée dans un long manteau en laine, bonnet sur la tête et manuscrit sous le bras, répondit qu'elle rentrait chez elle.

— Ça vous dirait une tasse de thé ? lui proposa Gabrielle de façon abrupte. Il fait tellement froid aujourd'hui.

Sur le visage d'Anna, Gabrielle vit passer l'habituel air de panique que déclenchait ce genre de proposition. Mais il ne s'attarda pas et la jeune femme accepta.

Elles prirent l'ascenseur dans un silence pesant, Gabrielle n'en revenant pas de son propre succès et faisant face à une Anna médusée. Lorsqu'elles entrèrent dans l'appartement de Gabrielle, celle-ci se tourna vers Anna pour lui dire :

— Vous voyez, je ne vous avais pas menti. Exactement la même configuration que le vôtre.

Gabrielle invita la jeune femme à s'asseoir sur le canapé et la débarrassa de ses affaires. Anna garda le manuscrit à côté d'elle. Puis Gabrielle se dépêcha d'aller dans la cuisine pour préparer un thé au jasmin et ouvrir un paquet de biscuits Petit Beurre. Lorsqu'elle revint dans le salon avec son plateau, Anna, l'air un peu emprunté, regardait les différentes photos encadrées disposées sur le guéridon à côté du canapé.

— Ma petite famille, expliqua Gabrielle en posant le plateau sur la table basse devant Anna. Mes parents et mon frère, mon défunt mari, mon fils Adrien et mes deux petites-filles.

Anna demanda à Gabrielle si elle voyait souvent son fils, et celle-ci lui parla de Nouméa, du poste important qu'occupait Adrien à l'Institut Pasteur de Nouvelle-Calédonie.

— Sa femme est médecin elle aussi, ajouta-t-elle. Ils sont tous les deux débordés et viennent rarement en métropole.

En servant le thé, Gabrielle questionna à son tour Anna sur sa profession et celle de son mari.

— Sacha est ébéniste. Il travaille dans un atelier de restauration de meubles anciens. Et moi, je suis lectrice.

Les sourcils de Gabrielle se levèrent en signe d'interrogation et Anna précisa :

— Pour une maison d'édition. On me remet des manuscrits et je fais des fiches pour donner mon avis, dire si c'est une bonne idée de les publier…

— Je ne lis pas beaucoup, confessa Gabrielle en s'asseyant près d'Anna. Je n'ai jamais aimé ça. Mon mari lisait énormément, surtout des polars. J'ai revendu tous ses livres à une librairie de seconde main quand il est mort.

Gabrielle, songeuse, se tut un long moment, puis ses yeux quittèrent la zone imprécise où ils s'étaient égarés pour revenir vers Anna.

— Sacha… C'est un beau prénom, original. Anna aussi est très joli, ça vous va bien.

— C'est ma mère qui a choisi. *Anna Karénine* est son roman préféré.

Anna eut un sourire très doux en prononçant cette phrase et Gabrielle se dit qu'elle aurait préféré avoir quelqu'un comme elle pour belle-fille, au lieu de la teigne bouffie de prétention qu'avait épousée son fils. Elle interrogea Anna sur ses parents, et apprit ainsi qu'ils vivaient à Grenoble, qui était aussi la ville de naissance de sa jeune voisine. Son père enseignait l'économie à l'université. Sa mère, assistante médicale, était surtout une passionnée de lecture et avait transmis son goût des livres à sa fille. Anna était une enfant unique. Elle parut embarrassée lorsque Gabrielle lui demanda depuis quand elle vivait à Paris. « Quatre mois » fut sa réponse, laconique et n'appelant aucun développement. Gabrielle en déduisit que son arrivée dans la capitale datait certainement de son emménagement chez Malkine. Étaient-ils déjà mariés alors ? Où et comment ces deux-là s'étaient-ils rencontrés ?... Gabrielle, qui sentait Anna sur le point de se refermer complètement, chercha tout de même à obtenir des réponses.

— Et avant cela vous étiez à Grenoble ?

Anna acquiesça, l'air sombre, et Gabrielle se dit que, finalement, il valait mieux arrêter les questions avant que la discussion ne finisse par ressembler à un interrogatoire.

— Vous êtes donc devenue parisienne par amour, conclut-elle d'un ton enjoué. C'est la meilleure des raisons. Mon mari a fait la même chose.

Gabrielle raconta de quelle manière elle avait rencontré Sergio, ce jeune Belge d'origine italienne dont les parents avaient quitté la Sicile à la fin des années quarante pour travailler dans les mines wallonnes. Il avait grandi à Charleroi, et s'était révélé très tôt assez doué pour les études. Après ses Humanités, il avait intégré une école de commerce bruxelloise grâce à l'argent que son père avait mis de côté à la suite de vingt années de charbonnage qui avaient atrophié son souffle et ses rêves de fortune. Puis, son diplôme en poche, Sergio avait répondu à la proposition de stage d'un grand groupe pharmaceutique basé à Paris.

— Il venait d'être embauché pour trois mois quand j'ai fait sa connaissance, dans le bistrot que tenait mon père à Montparnasse, poursuivit Gabrielle. J'étais serveuse. Sergio logeait dans une chambre de bonne pas très loin. Il venait prendre son café tous les matins avant d'aller au travail. On a fait connaissance, et un peu plus. À la fin de son stage, on lui a proposé un emploi à Bruxelles. Il a refusé, pour rester avec moi. Heureusement, il a rapidement trouvé un emploi à Paris. Une autre société pharmaceutique l'a engagé et il y a fait toute sa carrière. Le fils d'immigrés italiens devenu le directeur commercial de l'ensemble des filiales européennes : c'était quelque chose pour lui !

Gabrielle et Sergio s'étaient mariés assez vite ensuite. Anna voulut savoir si Gabrielle avait continué à travailler dans le bar de son père, et si l'endroit existait encore.

— Sergio a préféré que j'arrête après notre mariage. Le bar a fermé quand mon père est mort, au début des années quatre-vingt-dix. Ma mère était fatiguée de sa vie de bistrotière et personne n'a eu envie de reprendre l'affaire. Ni moi, ni mon frère cadet qui était un garçon adorable mais un voyou. Il a préféré continuer à vivre de ses combines plutôt que de se mettre au travail sérieusement. Il a quitté ce monde lui aussi, il y a cinq ans…

Les deux femmes restèrent silencieuses un instant. Puis Gabrielle, mi-amusée, mi-fataliste, évoqua son enracinement dans un arrondissement qu'elle n'avait jamais quitté :

— Mes arrière-grands-parents paternels ont débarqué du Morbihan en 1870. Ils se sont installés près de la gare Montparnasse, et moi j'y suis toujours ! Je n'ai jamais réussi à partir de ce quartier. Heureusement, Sergio s'y est plu lui aussi.

Gabrielle répondit encore à deux ou trois questions, se livrant de bonne grâce à « l'interrogatoire » qu'elle avait voulu éviter à sa voisine. Susciter l'intérêt d'Anna était déjà une victoire et elle ne souhaitait pas brusquer la jeune femme, qu'elle sentait toujours sur la défensive. D'ailleurs, cette dernière mit fin à leur conversation de manière brutale. Après avoir consulté sa montre, elle décréta, nerveuse, qu'elle devait y aller car Sacha rentrait plus tôt que d'habitude. Gabrielle alla donc lui chercher son manteau et la raccompagna jusqu'à la porte. Anna retrouva sa réserve pour lui dire au revoir d'une voix à peine audible et se dépêcha de gravir les marches la ramenant chez elle.

Il y avait toujours de la précipitation dans les départs d'Anna, songea Gabrielle en rangeant le plateau dans le placard de la cuisine tout en mangeant un Petit Beurre. Et une crispation, dans l'attitude de la jeune femme, chaque fois qu'il était question de son mari. Avait-elle peur de lui ? Gabrielle sentit un frisson la parcourir et s'efforça, sans vraiment y parvenir, de penser à autre chose en faisant sa vaisselle.

9

Journal d'Anna, le 25 février

Pas eu le temps d'écrire hier soir. Je suis rentrée de chez la voisine juste avant que Sacha n'arrive. Et comme il me l'avait annoncé au téléphone, il avait quitté l'atelier un peu plus tôt pour m'apporter une surprise : un petit chat tigré au pelage gris et aux grands yeux verts étonnés et craintifs, qui m'observait à travers la grille de sa cage de transport. Sitôt libéré, il a couru se cacher sous le canapé et Sacha est allé le récupérer. Il me l'a donné et la petite boule de poils s'est blottie dans mes bras, avant de repartir pour une exploration minutieuse de l'appartement. Mon premier animal domestique, à vingt-huit ans ! Sacha sait que j'ai toujours voulu avoir un chat. Mais maman souffrait d'allergies et lorsque j'ai quitté la maison pour mon studio de la place Notre-Dame, le bail mentionnait l'interdiction d'avoir un animal, quel qu'il soit. Sacha, qui était aussi chargé d'un bac à litière, d'une gamelle et d'un petit sachet de croquettes, m'a expliqué que son patron l'avait déposé en voiture. C'est un client de l'atelier, dont la chatte a mis bas il y a quatre mois, qui lui a demandé s'il était intéressé par l'adoption d'un chaton, le seul restant de la portée. Sacha a tout de suite pensé à moi. « Pour te tenir compagnie », m'a-t-il dit sans me regarder, et je n'ai pu m'empêcher de lui en vouloir. La pauvre petite chose à qui l'on offre une peluche vivante pour qu'elle se sente moins seule. Je lui ai dit que j'avais déjà de la compagnie : la voisine du troisième, chez qui j'avais pris le thé une bonne partie de l'après-midi. Il est resté silencieux, mais son visage s'est fermé et il a donné un grand coup de pied dans le bac à litière qui a valdingué au milieu du salon. Le chaton a pris peur et s'est carapaté dans notre chambre.

Nous ne nous sommes pas parlé de la soirée ensuite. Sacha s'est installé devant la télé, quant à moi je me suis occupée du chat en lui donnant à manger puis en jouant avec lui. Après je suis allée me coucher et j'ai bouquiné plus d'une heure avant de m'assoupir. Quand j'ai ouvert les yeux, Sacha était assis à côté de moi, me prenant délicatement des mains le livre avec lequel je m'étais endormie. Il s'est excusé, moi aussi, et nous avons eu une longue conversation qui a abouti à la conclusion suivante : nous ne pouvons pas continuer à vivre en reclus, tels des pestiférés, ou nous finirons par nous haïr. De plus, en agissant ainsi, nous ne faisons qu'attirer sur nous l'attention dont nous pensons nous protéger. Nous devons nous efforcer de vivre le plus normalement possible. Cela dit, je ne suis pas sûre que sympathiser avec une femme de soixante-sept ans s'inscrive dans la normalité pour une fille qui n'en a pas encore trente.

Mais j'y ai pris un certain plaisir, d'autant que je ne me suis pas sentie mise sur la sellette par Madame Lamperti qui a parlé pour deux. Le seul instant un peu gênant a été lorsqu'elle m'a raccompagnée à la porte et m'a demandé si j'avais un compte Facebook. J'ai répondu non et elle a paru très surprise. Elle a voulu savoir pourquoi. Je lui ai dit que j'étais contre les réseaux sociaux, puis je me suis dépêchée de sortir de chez elle pour mettre fin à mon embarras et éviter d'autres questions sur le sujet.

Grosse frayeur ce matin en nous levant : nous ne savions pas où était passé le chaton. Nous l'avons cherché partout, pour finalement le trouver dans la panière de la salle de bains, roulé en boule au-dessus de notre linge sale. Il a dû y passer une bonne partie de la nuit. Il a bondi hors de la panière en nous voyant et s'est mis à grimper le long de la jambe de Sacha, comme s'il s'agissait d'un tronc d'arbre. Devant tant de vivacité, un nom nous est venu très naturellement : Monkey. Monk pour les intimes.

Avant de quitter l'appartement, Sacha m'a avoué que depuis mon arrivée à Paris, son patron avait proposé à plusieurs reprises que nous allions dîner chez lui. Il aimerait me connaître. Jusque-là, Sacha avait trouvé des excuses pour pouvoir décliner ses invitations. Mais peut-être que nous devrions accepter ? C'est ce qu'il m'a demandé avec cet air de petit garçon qu'il prend malgré lui quand quelque chose lui fait peur. J'ai accepté, même si l'idée m'effraie aussi.

Dans un e-mail reçu cet après-midi, François m'a appris que *L'homme imaginaire* serait publié à la rentrée de septembre. Je suis ravie de cette nouvelle ! Je crois qu'en lisant le manuscrit, j'ai donné au personnage principal, ce comédien aussi solaire qu'ombrageux, le visage de Sacha. Je lui ai donné sa beauté. Ce qu'elle a d'irrésistiblement attirant, mais aussi de glaçant parfois.

Le téléphone a sonné tout à l'heure et « Grenoble » s'est affiché sur l'écran. À mon grand étonnement ce n'était pas maman mais papa qui m'appelait. Cela faisait quatre mois que je n'avais pas entendu le son de sa voix. Habituellement imperturbable, il semblait mal à l'aise quand il m'a demandé comment j'allais. Je sais ce que ce coup de fil a coûté à son orgueil. Je sais qu'il désapprouve toujours autant la vie que je mène à Paris. Ma désertion. Sans surprise, il n'a pas demandé de nouvelles de Sacha. Il a voulu savoir si j'avais besoin d'aide financièrement et si je comptais bientôt venir à Grenoble. J'ai répondu « non » à la première question, et « je ne sais pas » à la seconde. Mais il faudra tout de même que j'envisage ce voyage dans un avenir proche, surtout si je veux éviter que ce ne soient maman et lui qui se déplacent à Paris. Aucune question concernant mon nouveau travail. A-t-il passé ce coup de fil de lui-même ? Est-ce que maman l'a convaincu de le faire ?

Je me demande ce qui est le pire. Avoir un père qui n'a jamais cru en vous, ou un père qui a cessé d'y croire. Que l'on a irrémédiablement déçu. Un sujet à développer avec Declerck lors de notre prochaine séance ?

10

Gabrielle n'avait plus de nouvelles d'Adrien depuis un mois. Ce n'était pas inhabituel et cela ne l'inquiétait pas outre mesure. Mais cette façon qu'avait toujours eue son fils de disparaître puis de réapparaître à sa guise demeurait pour elle une source d'exaspération. Il ne répondait pas à ses appels et son compte Skype affichait « absent ». À cela s'ajoutaient ces bruits étranges qui lui parvenaient de l'étage supérieur, de jour comme de nuit : grattements, frottements, sans parler des chutes d'objets de plus en plus fréquentes. Gabrielle était à cran et mourait d'envie d'aller sonner chez ses voisins.

Elle franchit le pas durant l'un de ces dimanches après-midi assommants où, à la suite des nombreuses heures passées sur Internet, elle s'était une nouvelle fois heurtée au refus de communiquer de son fils. Un choc qui ressemblait à un bris de verre lui fournit le prétexte idéal pour sortir de chez elle et monter l'escalier qui la séparait des Malkine.

Ce fut lui qui ouvrit. Son visage sévère s'adoucit un peu lorsqu'il la salua, mais il ne l'invita pas à entrer, silencieux et attendant que Gabrielle lui expose les raisons de sa venue.

— J'ai entendu du bruit et je me suis demandé si tout allait bien, expliqua-t-elle, mal à l'aise.

Derrière Malkine apparut alors Anna. Elle tenait un chaton dans ses bras et affichait un beau sourire.

— Il est remuant et pas très adroit, dit-elle à Gabrielle en lui montrant le petit félin qui se tortillait pour échapper à son étreinte. Il vient de faire tomber un verre… Pardon si on vous a dérangée.

Gabrielle aimait bien les chats. Elle en avait eu un, enfant, un chat noir prénommé Titus qui circulait librement dans le bistrot de son père et s'installait sur les genoux des clients. En partageant ce souvenir avec les Malkine, elle se rappela aussi la mort violente du petit animal, fauché par une voiture alors qu'il s'était aventuré à l'extérieur du café et avait tenté de traverser la rue Vavin. Mais elle garda cette réminiscence pour elle, se contentant de caresser le félin tout juste acquis par ses voisins et qui avait sa vie de chat devant lui.

— Comment l'avez-vous appelé ?

— Monkey, répondit Anna en adressant un regard complice à son mari.

Sacha Malkine, quant à lui, ne quittait pas sa femme des yeux, indifférent à la présence de Gabrielle. Celle-ci fut encore une fois frappée par l'harmonie physique qui se dégageait du couple. Leur beauté commune les liait l'un à l'autre bien plus étroitement que leur attachement matrimonial. Face à cet accord parfait, les autres se sentaient relégués au mieux au rang de spectateurs, au pire à celui d'intrus. C'était d'ailleurs l'impression d'appartenir au second groupe, celui des indésirables, qui poussa Gabrielle à prendre son courage à deux mains pour s'adresser directement à Malkine.

— Anna m'a dit que vous étiez ébéniste et que vous restauriez les meubles anciens…

Surpris, Sacha tourna son regard vers Gabrielle et cette dernière poursuivit :

— J'ai dans ma cuisine deux chaises de bistrot qui datent des années trente. Des Luterma, que j'ai conservées quand on a revendu le bar familial. Pour moi, elles ont une valeur sentimentale… Je m'assois sur l'une ou l'autre le matin, lorsque je prends mon petit déjeuner, et à chaque fois je trouve miraculeux de ne pas me retrouver par terre. Est-ce que vous réparez ce type de mobilier dans votre atelier ?

Sacha ne répondit pas tout de suite, jetant un coup d'œil à son épouse avant de revenir sur Gabrielle.

— On ne s'occupe pas de ce genre de meubles, dit-il abruptement.

Anna se tourna vers lui et les deux époux échangèrent un long regard avant que Sacha ne reprenne :

— S'il faut juste les recoller, je peux faire ça ici, j'ai quelques outils. Pas besoin d'atelier.

Gabrielle, ravie, précisa immédiatement qu'elle le paierait pour son travail, et Sacha objecta qu'il devait d'abord voir les chaises pour se faire une idée.

— Je peux vous les montrer maintenant, si vous voulez, lui proposa alors Gabrielle avec un certain aplomb.

Sacha, hésitant et visiblement contrarié, consentit finalement à emboîter le pas à sa voisine. Tous deux descendirent au troisième étage, silencieux jusqu'à ce qu'une fois dans la cuisine de Gabrielle, Sacha fasse une remarque sur l'élégance et la jolie couleur miel des deux chaises, disposées de chaque côté d'une table en demi-cercle. Gabrielle s'empressa d'enchaîner :

— C'est du bois de hêtre. J'ai trouvé des modèles identiques qui se vendaient un bon prix sur Internet.

Sacha, examinant les chaises avec minutie, ne réagit pas au commentaire de Gabrielle. Il paraissait seul au monde. Sous les assises de chacune des chaises, il passa ses doigts sur ce qu'il restait de l'estampille du célèbre fabricant de meubles estonien Luterma. Lorsqu'il prêta enfin attention à Gabrielle, ce fut pour lui dire qu'il allait recoller les pieds à l'assise et donner un coup de vernis. Et quand elle évoqua à nouveau la nécessité d'une rémunération, il balaya le sujet d'un revers de la main.

— Je vous les rapporte d'ici la fin de la semaine, se contenta-t-il de lui dire en sortant de la cuisine avec ses chaises.

Gabrielle lui donna son numéro de téléphone avant qu'il ne parte et, une fois seule, se félicita d'avoir pensé à ces deux « vieilleries », comme les appelait Sergio, pour amadouer Malkine. Elle ne tenait pas particulièrement à ces chaises, dont elle avait hérité à la fermeture du bar de son père. C'était sa mère qui avait insisté pour qu'elle les prenne, heureuse de savoir que quelques-uns des objets qui avaient fait partie de son quotidien durant tant d'années ne finiraient pas entre des mains étrangères. Gabrielle avait récemment regardé sur Internet si cela valait le coup de les revendre, et s'était dit qu'elle le ferait un de ces jours. Elle avait eu raison de ne rien précipiter. Ces antiquités lui avaient permis d'avoir un semblant de conversation avec Malkine, ce qui n'était jamais arrivé en deux ans, c'est-à-dire depuis qu'il avait emménagé au quatrième. Ce garçon lui faisait décidément beaucoup penser à son mari.

Au cours de la soirée, elle tenta encore une fois d'appeler son fils. D'abord sur son téléphone portable, puis via Skype. Et encore une fois, elle se contenta de laisser des messages. Puis elle réchauffa une soupe préparée la veille et la mangea devant la télévision.

Après une demi-heure d'un film supposément comique qui ne l'avait même pas fait sourire, elle se rabattit sur Internet et tapa « Monkey » dans son moteur de recherche. Plusieurs essais lui furent nécessaires pour trouver la bonne orthographe et elle se fit la réflexion, en voyant la traduction française apparaître sur l'écran, qu'elle n'avait pas fini d'entendre la vaisselle tomber chez les Malkine.

Comme tous les soirs, assise sur son canapé, elle attendit que ses paupières se ferment malgré elle, retardant le plus possible l'heure d'aller dormir. C'était une habitude qu'elle avait prise après le décès de son mari. Elle se tenait éloignée de sa chambre, du silence pesant et des draps froids qui la ramenaient chaque nuit à sa solitude.

11

Journal d'Anna, le 8 mars

C'est agréable de voir Sacha travailler sur son établi. Jusqu'ici, je n'avais fait que l'imaginer, dans l'atelier de la rue de Beaune, manipulant les outils et les meubles. J'avais une vision idéalisée de ce qu'il faisait chaque jour, de cette profession qui s'est imposée à lui très tôt, dès l'adolescence, comme une évidence. Je m'aperçois que cette vision n'est pas si éloignée de la réalité. Je m'attendais à cette expression sur son visage, celle d'une concentration totale, à la précision de ses gestes. À cette sérénité, qui lui fait tellement défaut une fois sorti de son atelier. Je l'ai privé du plaisir d'utiliser cet établi lorsque j'ai emménagé ici. Je l'ai envahi avec mes affaires, et surtout avec mes livres, que je ne me suis pas résolue à laisser à Grenoble. J'ai fini par faire de ce meuble massif mon bureau.

C'est une bonne chose qu'il ait accepté de réparer les chaises de Madame Lamperti. La tâche est assez basique, mais je sais qu'il y prend du plaisir et qu'il est heureux d'avoir retrouvé sa pièce, son atelier annexe. J'ai réparti les livres et les vêtements qui l'encombraient entre la chambre et le salon, et je rédige désormais mes fiches de lecture sur le canapé.

L'idéal serait de déménager pour un endroit plus grand. Mais il faudrait pour cela que je trouve un travail plus rémunérateur, un véritable emploi. Sacha gagne bien sa vie, mais les loyers sont tellement élevés à Paris. La logique voudrait que je retourne dans l'enseignement, puisque c'est mon métier. Je ne m'en sens pas capable. C'était déjà difficile bien avant tout ce qui s'est passé. Je n'ai pas eu de vocation, comme Sacha. J'ai enseigné parce que je ne savais pas quoi faire d'autre, et parce que papa ne cessait de répéter que c'était la plus noble des professions. Que seule l'éducation pouvait protéger l'homme de lui-même et de ses instincts les plus primaires. Je me suis retrouvée devant des adolescents qui ne voulaient pas apprendre, qui refusaient de m'écouter, pour qui je ne représentais rien, sinon une petite bourgeoise à peine plus âgée qu'eux déblatérant des inepties sur des auteurs morts des siècles auparavant, à mille lieues de leurs vies, de leur monde. Je n'ai pas su leur parler, capter leur attention. J'étais terrifiée. Je me souviens avec précision du moment où j'ai craqué devant mes élèves. Il ne s'était rien passé de particulier, le vacarme habituel, les mêmes moqueries répétées chaque jour et que je faisais semblant de ne pas entendre. Brusquement, ma voix qui portait si peu s'est éteinte tout à fait. Une sensation d'étranglement, comme si le trop-plein d'humiliation et d'impuissance que je portais depuis des mois était soudain remonté à ma gorge. Je suis sortie de la classe précipitamment, j'ai descendu les deux étages du lycée et, une fois dehors, j'ai pris de grandes inspirations. Puis je me suis dépêchée d'aller jusqu'à ma voiture, sur le parking, je me suis assise au volant et j'ai verrouillé les portières. Mes mains tremblaient, ma tête était en feu. J'ai démarré, et je ne sais pas comment je suis parvenue à rouler jusqu'à chez moi. Je ne suis plus retournée au lycée.

Quand j'ai raconté cet épisode à Declerck, lors de notre première séance à son cabinet, il m'a parlé du caractère insidieux de la dépression, ce qu'avait déjà fait la psy grenobloise qui s'était occupée de moi jusqu'à mon déménagement à Paris. La fatigue et le découragement qui s'installent, face à des situations que l'on pense pouvoir endurer et qui nous rongent petit à petit. J'ai tenu deux ans. Deux années scolaires la peur au ventre. Et les neuf mois qui ont suivi m'ont plongée dans un état de torpeur, d'engourdissement de mon corps et de mon esprit jusqu'à ne plus rien ressentir, ni faim ni désir. Jusqu'à Sacha. Lui seul a su me comprendre, me parler, comme il le faisait déjà lorsque nous étions enfants. Il m'a ramenée à la vie.

Il reste très méfiant vis-à-vis de Madame Lamperti. C'est avant tout pour moi qu'il a accepté de réparer ses chaises. Je vois ses efforts, les risques qu'il consent à prendre pour que je me sente moins isolée, moins seule. Il craint que la dépression ne revienne, qu'elle ne m'engloutisse totalement.

Il a peur pour moi, et je ne l'en aime que davantage.

12

Un samedi matin du mois de mars, Sacha Malkine passa un coup de fil à Gabrielle pour lui demander s'il pouvait rapporter ses chaises. Dans un premier temps, sa voix grave aux inflexions hostiles avait donné envie à la sexagénaire de répondre par la négative. Mais elle lui avait tout de même dit de passer, curieuse de voir le travail effectué par le jeune homme sur ces reliques d'un autre temps. Gabrielle avait profité de cet appel pour entrer en mémoire le numéro de ses voisins, qui s'était affiché sur son téléphone.

Malkine arriva chez elle cinq minutes après avoir raccroché, encombré des deux chaises de bistrot. Il répondit à son « bonjour » par un sourire crispé, puis la suivit dans la cuisine. Là, il se détendit un peu au moment de faire l'inventaire de ses réparations. Retournant une des Luterma, il montra la solidité des pieds, parfaitement collés à l'assise, et passa la main sur le vernis recouvrant le bois du dossier. Il se laissa même aller à un commentaire :

— Vous voilà tranquille jusqu'au prochain siècle, dit-il sur le ton de la plaisanterie.

Gabrielle sourit. Elle n'en demandait pas tant. Le travail remarquable de Malkine lui permettrait d'obtenir une somme bien supérieure à ce qu'elle avait escompté, lorsqu'elle se déciderait à mettre ses chaises en vente sur Internet. Même dans ses plus lointains souvenirs, les deux Luterma n'avaient jamais eu cet aspect « neuf ». Elle en fit la réflexion à Malkine et ce dernier se contenta de lui rendre son sourire, en positionnant avec minutie les chaises à leurs places habituelles. Quel charme il aurait s'il était un peu plus aimable, songea Gabrielle. Et elle se remémora l'expression qu'utilisait sa mère pour décrire les clients au physique avantageux qui passaient la porte de son bistrot : « Celui-là, il est beau comme un désastre », disait-elle d'un air moqueur à Gabrielle avant de l'envoyer prendre la commande.

En raccompagnant Malkine, elle lui reparla de son désir de le payer. Une nouvelle fois, il refusa, alléguant non sans humour que grâce à ce travail il avait pu récupérer son établi. Gabrielle le remercia et Malkine retrouva son air compassé pour lui dire au revoir, juste avant de franchir le seuil de sa porte et de filer vers l'escalier. Il n'est pas si désagréable que cela, quand il fait un effort, pensa Gabrielle en le regardant monter les marches deux par deux. Et elle fit à nouveau un rapprochement avec son défunt mari, qui pouvait être le plus charmant des hommes en société lorsqu'il s'en donnait la peine, c'est-à-dire principalement quand sa carrière ou sa réputation de séducteur en dépendaient. Bien sûr, Sacha Malkine n'agissait pas par intérêt (et certainement pas par concupiscence !) lorsqu'il s'efforçait d'être agréable avec elle. Sans doute souhaitait-il faire plaisir à Anna, plus encline que lui aux rapports de bon voisinage. D'ailleurs, puisque Malkine avait refusé qu'elle le paie, Gabrielle se dit qu'elle passerait voir son épouse après le week-end pour lui apporter un petit quelque chose.

Le mardi suivant, en quittant son cours d'informatique, Gabrielle se rendit dans une animalerie à Châtelet, quai de la Mégisserie. Suivant les conseils du vendeur, elle acheta divers jouets et friandises adaptés aux chatons. Elle prit ensuite son métro et, une fois ressortie à la station Pernety, se rendit chez un fleuriste de la rue Raymond-Losserand. Devant l'étalage de fleurs de toutes sortes, elle essaya d'imaginer ce qui pourrait plaire à Anna, et en dernier ressort elle se fia à ses propres goûts pour choisir un bouquet de tulipes d'un rose soutenu.

Elle prit la direction de son immeuble et appuya directement sur le bouton du quatrième étage une fois dans l'ascenseur. Il était un peu plus de dix-sept heures et Gabrielle était presque certaine de trouver Anna chez elle. Elle l'entendait généralement sortir (lorsqu'elle sortait) le matin ou en début d'après-midi, rarement en fin de journée. Gabrielle se félicita donc intérieurement lorsqu'elle vit la porte des Malkine s'ouvrir, et Anna lui présenter un visage au sourire forcé. Elle expliqua tout de suite à sa voisine la raison de sa visite et celle-ci s'adoucit, surtout lorsque

Gabrielle lui tendit le bouquet de fleurs. Elle s'en saisit un peu maladroitement et proposa à Gabrielle d'entrer.

Après avoir posé les tulipes sur le comptoir de la cuisine, Anna se dirigea vers la table basse du salon, s'empressant de refermer un carnet à la couverture élégante en cuir marron. Gabrielle eut néanmoins le temps de voir l'écriture serrée qui recouvrait ses pages.

— Je vous dérange en plein travail ? demanda-t-elle à Anna.

La jeune femme, mal à l'aise, répondit que cela n'avait rien à voir avec ses fiches de lecture, puis elle s'affaira à pousser ordinateur portable et manuscrit à un bout du canapé pour que Gabrielle ait la place de s'asseoir. En ouvrant le sac plastique que Gabrielle lui tendit et en découvrant son contenu, Anna s'émerveilla comme une enfant. Agitant une souris en feutrine dont la queue se terminait par un grelot, elle appela son chaton qui surgit de la chambre et fonça vers sa maîtresse. L'animal portait désormais un fin collier en cuir rouge autour du cou. Anna lança la souris et le félin, pareil à un chien courant après son bâton, se précipita sur sa proie. Aux oreilles de Gabrielle, l'insupportable tintement métallique finit par prendre des accents plaintifs. Elle fut donc soulagée quand Anna embarqua chat et jouet dans la chambre, où les sons de cette lutte inégale lui parvenaient de façon assourdie. Lorsqu'elle revint dans le salon, Anna remercia Gabrielle.

— C'est la moindre des choses, lui assura celle-ci. Votre mari a fait des merveilles avec mes chaises et il refuse que je le rétribue.

— Il a adoré passer du temps dans son atelier.

Anna proposa un thé à Gabrielle, puis elle se mit en quête d'un vase pour les tulipes. Après avoir ouvert plusieurs placards, sans succès, elle remplit une carafe d'eau.

— Je vais vous chercher un vase. Je dois en avoir deux ou trois que je n'utilise jamais.

Gabrielle se leva et, ne tenant pas compte des objections d'Anna, sortit de l'appartement. Chez elle, la sexagénaire dénicha dans le buffet du salon un vase en cristal poussiéreux. Elle se souvint que sa belle-mère le lui avait offert, au début de son mariage, et qu'elle ne s'en était jamais servie. Elle aimait rarement ce que lui offrait cette femme. Après l'avoir passé sous l'eau et essuyé, elle apporta le récipient à Anna, et devina à son expression qu'il n'était pas à son goût non plus.

— Il fera l'affaire en attendant que vous trouviez autre chose, expliqua-t-elle à sa jeune voisine. Ce sera toujours mieux que la carafe.

Anna acquiesça et mit ses fleurs à tremper dans le vase de Gabrielle. Elle le posa ensuite sur la table basse, et ce fut sur cette même table qu'elles prirent le thé. Anna était détendue et semblait apprécier la compagnie de Gabrielle. Cette dernière en profita pour lui poser une question qui la taraudait depuis qu'elle avait fait la connaissance de la jeune femme :

— Comment vous êtes-vous connus avec Sacha ?

Il y eut un silence, durant lequel Anna garda les yeux baissés sur son mug. Quand elle les releva, ils étaient brillants de cet éclat que donnent les fortes émotions.

— Nous nous sommes rencontrés lorsque nous étions enfants, commença Anna. Et puis la vie nous a séparés et nous nous sommes retrouvés plus tard.

Les sourcils de Gabrielle se relevèrent, appelant la suite d'une histoire qu'Anna paraissait livrer à contrecœur. Cependant, la jeune femme reprit :

— Sacha est né à Rouen. Sa mère l'a eu très jeune. Une bêtise, avec un marin en permission dont le navire faisait escale au port. Leur histoire a duré deux jours, et elle ne l'a plus revu. Elle est tombée enceinte et a élevé Sacha seule jusqu'à ses dix ans. Là, elle s'est mariée avec un Grenoblois, qui tenait un pressing et habitait à côté de chez mes parents. Sacha s'est donc retrouvé à Grenoble, rue Champollion, et dans la même classe que moi à l'école. Il était déjà très beau et il m'impressionnait beaucoup. Je n'osais pas lui parler. C'est lui qui est venu vers moi… Il était différent des garçons de son âge. Attentionné, protecteur, déjà sérieux.

Cette description fit sourire Anna, qui s'interrompit pour boire une gorgée de thé avant de poursuivre :

— Au collège, nous n'avons plus été dans la même classe, mais nous avons continué à nous voir. Il passait me chercher le matin, ou m'attendait à la sortie du collège le soir, pour faire le trajet avec moi. Il était mon confident, mon meilleur ami. Il aurait pu être davantage, mais ni lui ni moi n'avons franchi ce pas. Quelque chose nous en empêchait…

Anna se tut et Gabrielle combla le vide :

— Peut-être la peur de tout perdre si ça ne s'était pas bien passé ?

— Peut-être.

Monkey, lassé de sa surprise, était de retour dans le salon. Anna lui tendit une main sur le dos de laquelle il vint frotter sa petite gueule triangulaire. Le chat bondit ensuite sur le canapé, entre Anna et Gabrielle, pour se blottir contre la cuisse de sa maîtresse. Il ferma les yeux à l'instant où Gabrielle encouragea sa voisine à reprendre son récit :

— À quel moment vous êtes-vous perdus de vue ?

Anna chercha loin dans ses souvenirs avant de répondre :

— Au début de la troisième, il est reparti vivre à Rouen. Du jour au lendemain sa mère avait décidé de tout quitter : son mari, le travail qu'il lui avait trouvé au pressing, Grenoble... Sacha était habitué à ces changements de cap soudains, aux départs précipités. C'était le mode de fonctionnement de sa mère. Tous les cinq ou six ans, il fallait partir, tout recommencer... Au début, on s'appelait chaque soir. Mais ces coups de fil me rendaient terriblement malheureuse. L'entendre sans le voir, c'était une telle frustration... J'ai arrêté de l'appeler et je n'ai plus répondu au téléphone. Ma mère filtrait les appels.

Anna se pencha pour prendre son mug, réveillant Monkey qui tressaillit. Le chaton sauta sur la table basse et s'attela à une toilette minutieuse, sous le regard indifférent de la jeune femme. Gabrielle, qui mourait d'envie de faire descendre le félin maladroit pour l'éloigner du vase et de la théière, préféra finalement s'abstenir. Après tout, elle détestait ce vase et Anna était assez grande pour veiller sur sa vaisselle. Et puis sa voisine reprit la parole d'elle-même, et le chat quitta définitivement ses pensées.

— J'ai revu Sacha dix ans plus tard. Il est venu sonner à la porte de mes parents, et j'étais là. Je vivais cloîtrée dans mon ancienne chambre depuis neuf mois. En pleine dépression. J'avais étudié pour devenir professeur de français et au bout de deux ans d'enseignement la réalité m'a rattrapée et m'a mise K.-O. Ce n'était pas un métier pour moi. J'avais peur de mes élèves, peur d'entrer dans une salle de classe… Sacha est monté dans ma chambre, il m'a pris la main et il m'a emmenée faire une promenade en ville. Cela faisait des semaines que je n'avais pas quitté notre quartier. En chemin, il m'a expliqué qu'il avait sonné chez mes parents pour leur demander de mes nouvelles, savoir si je vivais encore à Grenoble. Lui habitait Paris où il exerçait un métier qu'il aimait, qu'il avait toujours voulu faire. Il s'était marié, avait divorcé au bout de deux ans… Il était là pour quelques jours. Son ancien beau-père, qui était décédé trois mois plus tôt, l'avait couché sur son testament, au même titre que la fille biologique qu'il avait eue d'un premier mariage. Sacha devait rencontrer le notaire, signer des papiers… C'était une surprise pour lui, même s'il s'était très bien entendu avec cet homme pendant les cinq années qu'avait duré le mariage avec sa mère. Nous sommes arrivés dans le centre-ville et Sacha m'a offert un verre dans un bar qui existait déjà lorsque nous étions adolescents. Il a voulu savoir ce qui s'était passé, je lui ai tout raconté. J'ai davantage parlé en une heure que durant les neuf mois qui venaient de s'écouler. Ensuite, il m'a raccompagnée chez mes parents et il m'a promis de revenir le lendemain, ce qu'il a fait. Et le jour d'après. Puis il est rentré à Paris. On s'appelait tous les soirs, il prenait le train pour Grenoble un week-end sur deux…

Un bruit mat détourna brusquement l'attention des deux femmes. Elles jetèrent le même regard surpris puis catastrophé d'abord sur le chaton, qui prenait la fuite en direction de la chambre, puis sur le vase. Le récipient était renversé et les fleurs baignaient dans l'eau qui s'était abondamment répandue sur la table basse. Anna se leva d'un bond pour aller dans la cuisine, d'où elle revint avec un rouleau de papier essuie-tout. Gabrielle l'aida à éponger et, en redressant le vase, elle remarqua qu'il s'était fêlé. S'en apercevant en même temps qu'elle, Anna se confondit en excuses auxquelles Gabrielle mit fin d'un geste de la main désinvolte :

— Ne vous inquiétez pas, je n'y tenais pas tant que ça. Si vous n'en n'aviez pas eu besoin, il aurait continué à prendre la poussière au fond d'un placard.

Une fois les dégâts réparés et le vase posé en hauteur sur le comptoir de la cuisine, Anna revint s'asseoir à côté de Gabrielle. Dans l'une de ses mains, elle tenait fermement le carnet à la couverture en cuir qu'elle avait sauvé de justesse du déluge.

— Avec ce que vous m'avez raconté sur vous et sur Sacha, vous auriez largement de quoi écrire un roman, lui dit Gabrielle d'un air malicieux.

Anna sourit tout en serrant son carnet contre elle. Gabrielle se risqua alors à poser une question pour la remettre sur la voie de son récit :

— J'imagine que tous les allers-retours de Sacha entre Paris et Grenoble vous ont encore rapprochés ?

— Oui, répondit Anna sans regarder Gabrielle. Il passait me chercher et nous partions en montagne. Mes parents ont un appartement à Saint-Pierre-de-Chartreuse, une station au-dessus de Grenoble. C'était le début de l'été… J'ai réappris à marcher, à respirer…

Il y eut un long silence, que Gabrielle ne chercha pas à écourter, puis Anna reprit :

— À l'automne, Sacha m'a proposé d'emménager chez lui, à Paris. J'ai tout de suite accepté. J'en ai parlé à mes parents, qui n'étaient pas très enthousiastes. Une ville comme Paris, pour quelqu'un qui sortait à peine de dépression… Mon père préférait que je reste à Grenoble et que je reprenne peu à peu ma vie d'avant. Mon studio de la place Notre-Dame, le lycée… Il voyait ce départ comme une fuite. Il en voulait à Sacha, qui selon lui ressemblait trop à sa mère pour être quelqu'un de fiable… Il lui en veut toujours.

Anna prit une profonde inspiration avant de regarder enfin Gabrielle dans les yeux.

— Je n'ai pas écouté mes parents et j'ai fait mes valises. Je suis arrivée ici en octobre…

Elle dit encore « Voilà l'histoire », avec un sourire en guise de point final à ses souvenirs, mais Gabrielle n'en avait pas terminé.

— Et quand vous êtes-vous mariés ?

Anna ne répondit pas tout de suite. Elle se leva d'abord du canapé et s'éloigna de Gabrielle.

— Juste avant Noël, dit-elle en allant poser son carnet sur le comptoir de la cuisine. Un mariage civil, à la mairie du 14e, avec la mère et le beau-père de Sacha pour témoins.

— Vos parents sont venus ?

— Mes parents ne savent pas que nous sommes mariés, répondit Anna en restant debout, à distance de sa voisine.

Gabrielle regagna son appartement avec de nombreuses réponses aux multiples interrogations qu'elle avait eues au sujet d'Anna et de Sacha Malkine. Elle comprenait mieux les attitudes souvent fuyantes de la jeune femme, ainsi que sa mauvaise mine. Le comportement très protecteur de Sacha s'expliquait également, au vu de la fragilité d'Anna et de ses antécédents dépressifs. Alors pourquoi avait-elle l'impression qu'une zone d'ombre continuait de lui cacher un élément essentiel dans la vie du jeune couple ? Était-ce lié à cette histoire de mariage tenu secret vis-à-vis des parents d'Anna, et surtout vis-à-vis de son père, si hostile à Sacha ? Pourquoi Gabrielle ne pouvait-elle s'empêcher de partager la réserve de ce dernier concernant le (trop) beau Malkine ?

Dans le silence de sa cuisine, elle s'installa sur l'une des chaises réparées par son voisin. Machinalement, elle se mit à gratter du bout des ongles le vernis qui recouvrait la partie latérale de l'assise, comme si sous cette couche froide et sans aspérités se trouvaient les réponses à ses questions.

13

Journal d'Anna, le 15 mars

Madame Lamperti vient de partir. En échange du travail fourni par Sacha, elle a apporté des jouets et des friandises pour Monk, des tulipes d'un rose un peu criard pour moi. Elle m'a même dépannée d'un vase vieillot que mon adorable chaton, qui j'en suis sûre lit dans mes pensées, a fait tomber. C'était gentil de sa part, même si nous ne partageons pas les mêmes goûts en matière de décoration... Mais le plus important n'est pas là. Le plus important, c'est ce que je m'étonne encore de lui avoir raconté. Je me trouvais dans une sorte d'état second, peut-être ce que les artistes appellent l'inspiration... Les mots me sont venus naturellement, parfois retenus par un certain sentiment de culpabilité, mais s'enchaînant avec une fluidité étonnante la plupart du temps, s'entraînant les uns les autres dans un mouvement continu et échappant à mon contrôle. J'espère que ce flux de paroles spontané, mélangeant vérité et mensonges, nous mettra à l'abri de la curiosité de notre voisine et des terribles conséquences qui pourraient en découler. Je pense vraiment avoir dit « ce qu'il fallait ».

J'ai hâte d'en parler à Sacha, même si j'appréhende aussi sa réaction.

La nuit

Il m'a écoutée sans rien dire, l'air grave, et puis il a éclaté de rire. Il adore « notre histoire », qu'il ne trouve pas si éloignée de la réalité. Il a raison. C'est une réalité réinventée. Elle porte l'essentiel, et même l'essence, de ce que nous sommes. Du couple que nous formions déjà avant d'être des amants. De cet amour que nous n'avons jamais cessé de nous porter.

Sacha a commencé à lire *L'homme imaginaire*. La première page l'a fait sourire.

J'ai trouvé un endroit sûr où ranger mon journal. C'est certainement idiot, mais maintenant que notre voisine connaît son existence (mais a-t-elle vraiment compris de quoi il s'agissait ?), cela me tranquillise de le savoir à l'abri.

Journal d'Anna, le 20 mars
La nuit

Sacha dort profondément. Je n'arrive pas à trouver le sommeil. Je suis épuisée mais mon esprit refuse le repos, passant et repassant le film de notre soirée. J'ai tellement attendu et redouté ce dîner ! Jacques, le patron de Sacha, vit avec son compagnon au-dessus de l'atelier de la rue de Beaune. Leur appartement, de taille modeste, est un véritable lieu de culture, chargé en tableaux, photographies et livres. Il y règne un désordre chaleureux et érudit. Jacques a une cinquantaine d'années. Il a hérité de l'appartement et de l'atelier, qui du temps de son père était une boutique d'antiquités. Il est tel que Sacha me l'a décrit, drôle, bienveillant et incroyablement bavard. Son compagnon, Cyril, plus jeune que lui et moins volubile, est graphiste indépendant. Il a également un vrai talent pour la cuisine et nous a livré les secrets de préparation du délicieux tajine de poulet aux olives qu'il nous a servi au dîner. Malheureusement, ni Sacha ni moi ne sommes très doués aux fourneaux.

Jacques a semblé sincèrement heureux de me rencontrer. « Enfin ! Je commençais à croire que le beau brun vous avait inventée ! » Nous avons tous ri de cette boutade, son compagnon également, malgré l'allusion au physique de Sacha. Il plaît à Jacques, mais à qui ne plairait-il pas ? Ce petit faible nous rend d'ailleurs bien service. Durant le repas, je l'ai remercié pour le travail de lectrice que Sacha m'a trouvé grâce à ses contacts. Il m'a expliqué ce que je savais déjà : François et lui sont amis, Jacques l'a rencontré il y a vingt ans alors qu'il avait été engagé par la maison d'édition pour restaurer les chaises Louis-Philippe trônant dans le hall de réception. Jacques m'a aussi confirmé ce dont je me doutais mais n'étais pas sûre, à savoir que François est très content de mes services. Il m'attribue un surnom lorsqu'il parle de moi à Jacques : la Perle. Jacques a continué de m'appeler ainsi toute la soirée. Il m'a aussi fait cette confidence, en passant au tutoiement : « Je n'ai pas connu son ex-femme et Sacha n'est pas du genre à se livrer, mais il était mal en point les derniers mois de leur mariage, et même après. C'est agréable de le voir sourire. Il va tellement mieux grâce à toi. »

Il est vrai que, le vin aidant, Sacha et moi nous sommes vraiment détendus lors de ce dîner. Cela faisait plus d'un an que je n'avais pas bu d'alcool, à cause des antidépresseurs. Aujourd'hui je ne prends presque plus rien, un quart de Lexomil de temps en temps, avant d'aller dormir. Le vin m'est rapidement monté à la tête et c'était agréable, ce lâcher-prise…

J'ai aimé cette soirée. Je ne me pensais plus capable d'être avec les gens, de rire, de parler. J'ai perdu l'habitude des autres. La dépression m'a tenue éloignée du monde pendant des mois, puis il y a eu Sacha… En rentrant, je lui ai demandé si ce dîner lui avait fait autant de bien qu'à moi, et il s'est contenté de sourire.

Est-ce une telle folie de vouloir vivre comme les autres ? Sacha s'accommode parfaitement du silence, de la solitude, moi pas. Plus maintenant.

14

Gabrielle avait d'abord cru à un poisson d'avril. Après deux mois d'appels dans le vide et de messages laconiques échangés sur Skype, Adrien s'était enfin manifesté pour lui proposer de dîner avec lui ! Invité à un colloque, il était à Paris pour trois jours et ne l'avait pas informée de ce voyage, ignorant s'il pourrait se libérer pour passer la voir. Gabrielle avait reçu l'appel de son fils le 1er avril un peu avant midi et elle s'était dit qu'Adrien, à défaut du sens de la famille, avait en tout cas ce que Max, son professeur d'informatique, appelait le sens du timing.

Elle en avait d'ailleurs parlé avec Solange et Laurentine, après son cours, prenant le temps d'un thé avant de filer se préparer pour le rendez-vous avec son fils. Les deux femmes, dont l'une était veuve avec deux enfants et l'autre toujours mariée avec à son actif une « portée de cinq », comme elle le disait elle-même, avaient ri puis s'étaient plaintes à leur tour de l'égoïsme forcené de leur descendance. Mais la discussion avait vite ennuyé Gabrielle qui avait deviné, derrière les reproches formulés avec tendresse, la complicité qu'elles partageaient avec leurs enfants et qu'elle n'avait jamais connue avec Adrien.

Elle choisit sa plus belle tenue : une robe bleu marine en maille crêpée dont la coupe allongeait sa silhouette et qu'elle n'avait encore jamais portée. Un collier en or à maille anglaise et un bracelet assorti, cadeaux de son défunt mari, complétaient sa toilette, ainsi qu'un carré de soie reproduisant les *Nymphéas* de Monet. Une fois prête, à l'heure exacte donnée par son fils au téléphone, elle s'assit sur son canapé, manteau et sac à portée de main. Elle attendit une demi-heure avant que la sonnerie de son portable n'emplisse enfin le silence de son appartement. Adrien était stationné en double file, devant l'entrée de l'immeuble, dans sa voiture de location. Gabrielle se dépêcha de sortir de chez elle, oubliant presque de donner un tour de clé après avoir fermé la porte.

Il avait mauvaise mine. Ce fut la première chose que Gabrielle se dit, en montant dans la Mercedes classe A qui reprit sa place dans le trafic dense de la rue Raymond-Losserand avant même qu'elle ait eu le temps d'embrasser son fils. Ils se firent la bise quelques mètres plus loin, à un feu rouge, et Gabrielle demanda à Adrien comment il allait.

— Ça va, répondit-il avec échauffement, si je fais exception des vingt heures d'avion, du jetlag et des embouteillages parisiens qui me rendent fou.

— Trois jours, c'est court pour une aussi longue distance. Tu ne pouvais pas prolonger ton séjour ?

Une pluie fine s'était mise à tomber et Adrien, après une fausse manipulation qui fit monter d'un cran son niveau d'exaspération, parvint à actionner les essuie-glaces.

— Tu crois que j'ai le temps de prendre des vacances ? demanda-t-il sèchement, les yeux rivés sur les véhicules qui se remettaient péniblement en branle devant lui.

— Alors tu repars demain ?

— En fin d'après-midi.

Il y eut un long silence durant lequel Gabrielle observa son enfant, qu'elle n'avait pas vu depuis dix mois, soucieux de se frayer un passage, agité et vitupérant les autres conducteurs… Adrien était toujours à cran lorsqu'il lui rendait visite. Et même s'il y avait à chaque fois des éléments extérieurs justifiant cet état d'irritation — un avion à prendre ou tout juste arrivé, des rendez-vous à la chaîne, les filles qui se chamaillaient —, elle ne pouvait s'empêcher de penser qu'elle était la cause principale de la mauvaise humeur de son fils. Celui-ci, quittant la rue encombrée pour rejoindre une artère à la circulation plus fluide, finit par se calmer.

— Pour le resto, j'ai pensé à une brasserie dans le 15e où j'ai mangé hier midi avec des confrères. Ça te changera de Montparnasse, ajouta-t-il en se tournant brièvement vers sa mère, un sourire amusé aux lèvres.

Gabrielle laissa passer cette petite pique visant ce que son fils appelait son « esprit casanier », ainsi qu'un attachement qu'il jugeait ridicule pour l'arrondissement dans lequel elle était née et où elle mourrait certainement. « Si tu n'y avais que de bons souvenirs, je pourrais peut-être comprendre ! » lui avait-il dit à plusieurs reprises. Au-delà de son enracinement dans le 14e, c'était sa décision de rester dans l'appartement de la rue Raymond-Losserand une fois devenue veuve que son fils jugeait déconcertante. Mais comment aurait-il pu saisir l'importance de ces lieux qui, même s'ils avaient été les témoins de ses jours de peine, demeuraient pour Gabrielle les repères immuables et rassurants d'une vie qui avait passé si vite, et l'avait laissée si seule. Elle se contenta donc de changer de sujet, demandant à son fils des nouvelles de sa bru et de ses deux petites-filles, et souriant à son tour en apprenant qu'elles allaient bien et qu'elles l'embrassaient toutes les trois bien fort.

Ils arrivèrent rue du Commerce, à proximité de la brasserie, et Adrien s'énerva une nouvelle fois lorsqu'il fallut se garer. Après un bon quart d'heure de recherches infructueuses ponctuées d'invectives plus ou moins grossières, il trouva finalement une place, à cinq minutes de marche du restaurant.

La table qu'il avait réservée se trouvait au dernier étage de l'établissement qui comptait trois niveaux. Les salles étaient spacieuses, construites autour d'un patio depuis lequel un arbre hissait ses branchages jusqu'à la moitié du premier étage. Une fois assise, Gabrielle leva les yeux sur la grande verrière qui faisait office de plafond et qui devait distiller une jolie clarté en journée. Elle remarqua également les serviettes et la nappe blanches en tissu, les vraies tenues de garçon de café des serveurs, et songea que c'était un bel endroit même s'il était un peu bruyant.

— Ça te plaît ?

Gabrielle répondit par l'affirmative à Adrien et, le voyant enfin de face et sous une lumière digne de ce nom, trouva qu'en vieillissant et avec ce léger hâle que lui donnait la vie sous les tropiques, il ressemblait de plus en plus à son père. Elle se garda bien de le lui dire, tournant son attention vers le serveur qui lui tendait la carte.

— Tu veux un apéritif? lui demanda Adrien en ouvrant son propre menu. Un Martini blanc?

La boisson italienne était le péché mignon de Gabrielle, ravie que son fils s'en soit souvenu. Elle accepta sa proposition et Adrien commanda un whisky pour lui. Il se rappela autre chose. Se mettant soudainement à fixer le collier qui brillait autour du cou de sa mère, il lui demanda d'un air mécontent: «C'est papa qui te l'avait offert?» Gabrielle acquiesça, passant machinalement ses doigts sur la chaîne en or. Les yeux d'Adrien se posèrent alors sur le bracelet assorti, mais il ne fit aucun commentaire. Tous deux restèrent silencieux, absorbés dans la lecture du menu, jusqu'à ce que le garçon revienne pour leur apporter leurs apéritifs et prendre la suite de leur commande. Adrien opta pour un pavé de rumsteck, Gabrielle choisit l'os à moelle gratiné et la souris d'agneau, le genre de plats qu'elle adorait cuisiner mais qu'elle ne préparait plus depuis qu'elle vivait seule.

Dans l'attente de leur repas et à la demande de sa mère, Adrien parla du congrès auquel il participait, et dont la thématique était les infections virales émergentes. Plusieurs pointures en virologie médicale, parmi lesquelles il figurait, partageaient le fruit de leurs observations dans l'enceinte de l'Institut Pasteur. Gabrielle écouta son fils lui faire un topo simplifié en matière de lutte contre le virus Zika, la dengue ou la grippe, et elle pensa une nouvelle fois à Sergio. À ce ton condescendant qu'il employait toujours lorsqu'il évoquait son travail ou tout autre sujet qu'il estimait trop compliqué pour elle. Heureuse de voir son os à moelle arriver, elle chassa ces souvenirs et continua d'écouter son fils, mais d'une oreille distraite, plus occupée à savourer son entrée.

Quand, au moment du plat principal, elle voulut savoir s'il pensait rester encore longtemps en Nouvelle-Calédonie, Adrien garda les yeux rivés sur sa viande pour lui répondre :

— Encore un an et puis nous irons certainement à Phnom Penh.

— Phnom Penh ? Vous n'avez pas envie de rentrer en métropole ?

Gabrielle était partagée entre la surprise et la colère. Elle ne s'attendait pas à cette nouvelle et était contrariée de l'apprendre de cette façon. Adrien leva enfin les yeux de son assiette.

— Il n'y a aucun poste intéressant pour moi ici, affirma-t-il d'un ton péremptoire. Et puis je gagne beaucoup mieux ma vie à l'étranger.

« Sûrement… », se résigna Gabrielle. Mais elle ne put s'empêcher de reprocher à son fils son manque de communication.

— Pourquoi tu ne me l'as pas dit avant ? L'éloignement serait quand même moins pénible si tu me parlais un peu plus…

— Tu me connais, l'interrompit Adrien, et Gabrielle capitula, terminant sa souris d'agneau en silence.

Elle le connaissait, ce fils en perpétuelle fuite qui avait toujours pris un malin plaisir à disparaître. Adolescent déjà, il partait passer une nuit chez un copain et ne revenait que trois ou quatre jours plus tard. Lorsqu'il était étudiant en médecine, il lui arrivait de ne pas donner signe de vie durant des semaines sous prétexte qu'il révisait mieux en dehors de la maison. D'ailleurs, il s'était dépêché de trouver un logement en colocation, préférant s'éreinter dans des petits boulots qui lui permettaient de payer sa part de loyer plutôt que de s'éterniser chez ses parents. Gabrielle avait espéré que la mort de son père, puis sa propre paternité auraient atténué ce trait de caractère, mais Adrien, tel un enfant désobéissant, continuait de lui échapper.

Il prit un dessert ensuite, et Gabrielle se contenta d'une infusion. Elle n'était pas habituée à manger autant le soir et se sentait un peu lourde. Son fils lui demanda qui était cette nouvelle voisine dont elle lui avait parlé sur Skype, alors elle raconta :

— Elle s'appelle Anna et n'a pas encore trente ans. Elle a quitté Grenoble il y a environ six mois pour se mettre en ménage avec mon voisin du dessus. Ils se sont mariés dans la foulée. C'est une jeune femme discrète, voire effacée. Elle a mis fin à sa carrière de professeur après une dépression et maintenant elle est lectrice dans une maison d'édition. C'est une femme fragile et son mari est un rustre.

Gabrielle but une gorgée de sa tisane avant de conclure, l'air songeur : « Je m'inquiète un peu pour elle. » Feignant de ne pas remarquer l'expression de malaise qui était apparue sur le visage de son fils, elle vida sa tasse puis se plaignit d'un « coup de fatigue » dans l'espoir qu'Adrien demande l'addition. Celui-ci fit immédiatement signe au serveur.

Sur le chemin du retour, dans la voiture, ils ne parlèrent pas beaucoup. Quelques banalités concernant l'avion que devait prendre Adrien le lendemain, l'heure de son départ et celle de son arrivée… Gabrielle sentait son fils pressé de se débarrasser d'elle, et même si elle n'osa se l'avouer, elle aussi fut soulagée lorsque la voiture de location s'arrêta devant son immeuble. Adrien se pencha pour lui faire la bise et, l'espace d'un bref instant, elle vit une forme de sollicitude, plutôt que la déception habituelle, dans les yeux de son fils.

— Fais attention à toi, lui dit-il en se redressant pour retrouver son attitude distante.

— Toi aussi, embrasse Caroline et les filles.

Gabrielle sortit de la voiture, puis elle poussa la lourde porte menant à la cour de l'immeuble sans jeter un dernier coup d'œil à Adrien.

15

Journal d'Anna, le 19 avril

La vie que je mène avec Sacha me convient de plus en plus. Je commence à apprécier cet appartement, les cinémas et les restaurants de Montparnasse, Paris… Cet anonymat qui nous protège, nous noie dans la multitude. Ces impressions fugaces de normalité qui me cueillent parfois, lorsque nous nous promenons main dans la main. Et pourtant je dors mal. Mes nuits sont hachées, alternant de longues heures de veille angoissantes et de courtes plages d'un sommeil agité, rempli de rêves absurdes. J'en ai parlé à Declerck, qui pense que j'ai arrêté trop vite et trop brutalement les antidépresseurs. Je l'ai fait pour Sacha, qui ne supportait plus de me voir avaler ces cachets. J'ai dit au psy qu'il m'arrivait encore de prendre du Lexomil. Selon lui, il ne faut pas que j'hésite à avaler un demi-cachet tous les soirs avant d'aller me coucher. Il m'a prescrit une nouvelle boîte. Je n'ai pas envie de retomber dans ce genre d'habitude, mais je crois que je n'ai pas le choix. Je me sens fatiguée et les siestes que je fais en journée ne m'aident pas à récupérer. Au contraire, elles m'abrutissent.

François m'a appelée ce matin pour me proposer un déjeuner demain, avec lui et Théodore Sargue, l'auteur de *L'homme imaginaire*. J'ai accepté, même si je ne suis pas sûre qu'il soit souhaitable de rencontrer les artistes dont on admire l'œuvre. J'ai tant aimé ce manuscrit que j'ai peur d'être déçue. Je crains aussi, une fois devant lui, de paraître idiote et de ne pas trouver les mots justes pour décrire les émotions que m'a procurées son roman, le plaisir que j'ai eu à le lire. Mais je dois dire que je suis tout de même très excitée à l'idée de faire sa connaissance. Pour l'instant, j'ignore tout de lui, mis à part le fait qu'il soit l'un des meilleurs amis du grand patron. Quel est son âge ? À quoi ressemble-t-il ?

S'il savait à quel point, et de quelle manière, son roman est une source d'inspiration pour moi !

Journal d'Anna, le 20 avril

Je suis tombée la nuit dernière.

Il était deux heures et je m'étais relevée après avoir tenté, en vain, de trouver le sommeil depuis le moment où je m'étais couchée un peu après minuit. Je me suis donc résolue à prendre ma moitié de Lexomil puis je suis restée assise sur le canapé, avec Monkey qui est venu me voir et s'est installé sur mes genoux. Je me sentais épuisée avant même de prendre mon cachet, mais soudain cette fatigue a pesé de tout son poids sur mon esprit et sur chaque parcelle de mon corps, m'a écrasée. Je me suis extirpée du canapé, j'ai commencé à marcher et j'ai buté contre Monkey qui se faufilait entre mes pieds. J'ai perdu l'équilibre et me suis étalée de tout mon long sur le parquet. Pendant ma chute, le haut de mon front a cogné contre le rebord de la table basse. Je suis restée comme ça, aplatie sur le sol, jusqu'à ce que Sacha, réveillé par le bruit, arrive et m'aide à me redresser et à m'asseoir. Il voulait appeler les urgences, à cause de ma tête, mais j'ai refusé. Je n'avais pas perdu connaissance et je n'avais qu'une envie, aller me coucher. Sacha a obtempéré, de mauvaise grâce. Le chat, qui avait filé au moment de ma chute, s'est alors approché de nous et Sacha, brusquement hors de lui, l'a attrapé par le cou. Il l'a balancé de toutes ses forces de l'autre côté de la pièce. Le pauvre animal a cogné contre le mur et est parti se réfugier dans l'atelier. J'ai supplié Sacha de laisser Monk tranquille, puis je l'ai engueulé, avec le peu de forces qu'il me restait. Il n'a pas répliqué. Le visage dur et fermé, il m'a soutenue jusqu'à la chambre et s'est tourné de son côté une fois couché. Pas un mot jusqu'à ce matin au réveil, où il m'a demandé comment j'allais.

Sa violence m'effraie parfois. J'ignore d'où elle lui vient. De nous ? De la peur que notre situation lui inspire ? De la mission qu'il s'est donnée de me protéger ? Enfant et adolescent, je ne me souviens que de sa douceur.

Me voilà donc affublée d'une bosse énorme et violacée sur le front. Elle a eu beaucoup de succès lors de mon déjeuner avec François et Théodore Sargue. Nous avions rendez-vous dans une brasserie située juste en face de la maison d'édition. François l'appelle « la cantine », mais le vrai nom de l'endroit est « Le Café des éditeurs ». Les deux hommes étaient déjà attablés lorsque je suis arrivée. Passé un instant de stupeur lorsqu'il m'a vue approcher, François s'est levé de sa chaise et a immédiatement voulu savoir ce qui m'était arrivé. « Un accident stupide, je vous expliquerai. » Il n'a paru qu'à moitié satisfait de la réponse, mais il n'a pas insisté et m'a présenté son compagnon de table. Et là, c'est moi qui ai été surprise. J'avais imaginé un homme d'une cinquantaine d'années au charme arrogant. Théodore Sargue a soixante-seize ans. J'aurais peut-être dû m'en douter, avec un tel prénom... Charmant plutôt que charmeur, ancien diplomate à la retraite, il a assouvi avec son premier roman le rêve de ses quinze ans : devenir écrivain. Lui aussi s'est inquiété de ma bosse et s'est montré très prévenant avec moi tout au long du repas. J'ai fini par raconter ma chute de la veille, sans mentionner le Lexomil ni le comportement de Sacha. François m'a demandé si un médecin m'avait auscultée, et ma réponse l'a contrarié. Pourquoi ne pas avoir appelé les urgences ? On ne sait jamais, avec les chocs sur la tête... « Tu aurais dû décommander et rester tranquillement chez toi aujourd'hui. » Théodore a gentiment abondé en son sens, et il a ajouté avec un air de connivence : « Même si je suis très heureux de rencontrer la femme dont la fiche de lecture m'a ouvert les portes du monde littéraire. » Je pense avoir rougi comme une gamine, puis j'ai bafouillé que je n'étais qu'une lectrice parmi d'autres dans la maison, et que n'importe qui aurait porté le même jugement que moi sur un texte aussi bon. Je me suis alors tournée vers François, qui a acquiescé et pris la parole, à mon grand soulagement. Les deux hommes ont parlé durant un instant de rendez-vous avec des journalistes et d'une prochaine réunion avec les commerciaux chargés de présenter le roman aux libraires.

Au cours du repas, j'ai demandé à Théodore d'où lui était venue l'inspiration pour créer Gaspard Aubin, ce comédien qui traverse un siècle. Avait-il eu un modèle pour imaginer un personnage si juste dans sa splendeur comme dans ses tyrannies ? L'auteur m'a dit avoir beaucoup fréquenté les milieux artistiques et notamment les théâtres. Grand amateur d'art sous toutes ses formes, il a également été marié à une comédienne durant quelques années. Gaspard Aubin est un mélange des acteurs qu'il a croisés, et pour certains fréquentés, avec sa propre expérience professionnelle. « Vous savez, la diplomatie est sœur de la comédie. Nous jouons un rôle, nous nous adaptons à nos interlocuteurs pour obtenir ce que nous souhaitons d'eux ou pour protéger les intérêts d'un État, ou d'un groupe d'influence. Peu importe ce qui est vrai et ce qui est faux, seuls comptent les bénéfices que nous retirons de ce spectacle : nos applaudissements ! »

J'ai encore remercié François après le déjeuner, au moment de lui dire au revoir. Je sais qu'il n'a pas pour habitude de fréquenter les lecteurs de la maison, encore moins de les inviter à rencontrer les auteurs.

Coup de fil de la voisine juste avant d'ouvrir mon journal, pour me proposer une balade dans le quartier demain matin. Je lui ai immédiatement demandé comment elle avait eu notre numéro. Elle m'a expliqué qu'elle l'avait mis en mémoire, lorsque Sacha l'avait appelée pour lui rendre ses chaises, et que c'était plus pratique que de venir nous déranger en sonnant à notre porte. Sa réponse m'a mise mal à l'aise, mais j'ai tout de même accepté sa proposition. Rendez-vous demain à dix heures, dans la cour de l'immeuble.

Je crois que je suis prise d'une sorte d'ivresse, comme quelqu'un privé d'oxygène un long moment et qui respirerait à nouveau.

La nuit

Maman a appelé pendant le dîner. Elle s'est plainte de ne pas avoir de nouvelles, aimerait venir à Paris pour le long week-end du 1er mai… IMPOSSIBLE. J'irai, seule, à Grenoble pour le 1er mai.

16

La météo annonçait du soleil et des températures d'une « douceur printanière » pour toute la semaine. C'était en partie ce qui avait incité Gabrielle à appeler sa jeune voisine pour lui proposer une balade dans le quartier. Mais la raison principale de son coup de fil avait été d'entendre la voix d'Anna, de s'assurer qu'elle était en état de lui répondre. Un énorme vacarme avait fait sursauter Gabrielle dans son lit, la veille, en pleine nuit. Un choc, peut-être la chute d'un objet (ou d'un corps ?), suivi des éclats d'une dispute, puis d'un retour au silence plus effrayant que tout le reste. Le chat avait-il encore fait des siennes ? Ce qui avait surtout inquiété Gabrielle, c'était la voix d'Anna, dans laquelle elle avait perçu des inflexions implorantes, la poussant à quitter son lit pour s'asseoir sur le canapé du salon où ce brouhaha lui parvenait plus nettement. Elle était restée là un long moment ensuite, aux aguets.

Le lendemain, Gabriel avait réfréné son envie d'aller sonner à la porte des Malkine dès les premières heures de l'aube, partagée entre le désir de prendre des nouvelles de sa voisine et l'appréhension de voir ses craintes se confirmer. Elle était restée indécise une bonne partie de la journée puis, n'y tenant plus, avait finalement appelé Anna avant que Sacha ne rentre du travail. La jeune femme avait paru surprise, questionnant immédiatement Gabrielle sur la façon dont elle avait obtenu son numéro. Après les explications de cette dernière, Anna était restée méfiante, mais elle n'avait pas tant réfléchi que cela avant d'accepter le rendez-vous que lui donnait Gabrielle le jour suivant dans la cour de l'immeuble. La voix de la jeune femme n'était pas différente de d'habitude, elle ne paraissait pas abattue, ni même éprouvée.

— À part ça, tout va bien ? avait demandé Gabrielle à sa jeune voisine avant de raccrocher.

Le « oui » franc et dénué d'hésitation d'Anna avait fini de la rassurer.

Le choc fut donc d'autant plus grand lorsque Gabrielle vit la jeune femme arriver vers elle, une bosse violacée sur le front et la mine épuisée. « Que vous est-il arrivé ? » demanda-t-elle avant même de penser à la saluer. Anna lui raconta qu'elle était sujette aux insomnies ces derniers temps, et qu'elle préférait se lever plutôt que de déranger Sacha dans son sommeil. Monkey l'avait fait trébucher, il y avait deux nuits de cela, alors qu'elle marchait dans le salon, et son front avait heurté le bord de la table basse... Gabrielle adhéra-t-elle aux explications d'Anna ? Non. Mais elle n'en laissa rien paraître, écoutant jusqu'au bout et avec un air de bienveillance ce nouvel épisode des « maladresses de Monkey ».

— On a dû faire un peu de bruit. J'espère qu'on ne vous a pas réveillée ? l'interrogea Anna d'une voix qui trahissait son angoisse.

— Aucun risque. Je dors comme un bébé.

Le soulagement détendit les traits de la jeune femme, qui se laissa aller à sourire en portant la main à son front d'un geste machinal. « On y va ? » lui proposa Gabrielle. Hochant la tête, Anna lui emboîta le pas et toutes deux se retrouvèrent sur la rue Raymond-Losserand, qu'elles remontèrent en direction de la station Pernety.

En chemin, Gabrielle demanda à sa voisine si elle commençait à s'habituer à la vie parisienne.

— Oui, je crois.

— Ce n'est pas une ville facile. Mon mari ne s'y était jamais vraiment fait. Il rêvait de retourner en Belgique. Dieu merci, sa carrière était ici.

Anna ne fit aucun commentaire. Comme à son habitude, elle ne se montra pas loquace en ce début de promenade. Mais elle semblait décontractée et, de la même façon que Gabrielle, levait régulièrement les yeux au ciel pour en admirer le bleu intense.

Elles arrivèrent en vue de la bouche du métro et Gabrielle désigna une rue pavée un peu plus loin sur leur gauche.

— Vous connaissez ce passage ?

Anna fit oui de la tête. Elle avait découvert la rue des Thermopyles, cette artère bordée de maisons de ville et d'ateliers d'artistes, avec Sacha. Ils y faisaient un tour les dimanches après-midi, lorsqu'ils revenaient du cinéma ou d'un des restaurants du quartier. Elles empruntèrent la petite rue piétonnière et Gabrielle ressentit un bien-être immédiat. Elle était chez elle. Cet arrondissement et ses îlots abrités du monde la rassuraient en même temps qu'ils déployaient dans son esprit une cartographie apaisante, celle de son enfance. Chaque lieu avait ses histoires, qu'elle se racontait inlassablement au gré de ses déplacements dans le quartier. Elle prit un plaisir immense à en partager certaines avec Anna, entourée des plantes en pots ou accrochées aux façades, des bambous et des glycines en bourgeons qui constituaient le décor végétal de cette allée silencieuse. Sa voix résonna quand elle commença :

— Mes parents sont nés dans cette rue, qui s'appelait « passage des Thermopyles » à l'époque. Il y avait un centre de soins, avec des sages-femmes, pas vraiment un hôpital… Beaucoup de Bretonnes ont accouché ici. Dans les années cinquante-soixante, toute la communauté se retrouvait chez Aline, le seul bar que fréquentait mon père quand il lui arrivait de s'éloigner du sien. Il y avait une ambiance folle, l'endroit ne désemplissait pas…

Elles passèrent devant un potager collectif, un square aménagé de tables et de chaises en bois, des murs ornés de graffitis aux couleurs vives. Puis elles quittèrent la rue et se retrouvèrent devant un autre square, plus grand, avec une aire de jeu quelque peu délaissée en cette matinée de début de semaine. Seul un jeune père, assis sur un banc, lisait une histoire à sa fille en bas âge.

— Avez-vous envie d'avoir des enfants ?

Gabrielle vit la peau d'Anna rosir et ses yeux chercher une issue de secours par-delà le square, dans les rues filant vers la gare Montparnasse. « Je ne crois pas que ce soit pour moi », finit-elle par dire, et Gabrielle réagit immédiatement :

— Et pourquoi donc ?

— Je n'ai pas l'instinct maternel.

Gabrielle balaya de la main les paroles d'Anna.

— Ça, ce sont des foutaises de psy pour faire culpabiliser les femmes. On devient mère le jour de la naissance de son enfant. C'est à partir de là qu'il faut faire ses preuves. Pourquoi seriez-vous moins douée qu'une autre ?

Anna laissa la question sans réponse et Gabrielle voulut savoir :

— Qu'en pense Sacha ?

— On n'en a jamais parlé.

Le visage soudain très sombre d'Anna incita Gabrielle à changer de sujet, suggérant à la jeune femme de se remettre en marche en longeant le square. Rue du Moulin-Vert, ce fut Anna qui prit la parole pour demander à Gabrielle si son fils lui manquait.

— Bien sûr, répondit-elle aussitôt. Mais je crains que la réciproque ne soit pas vraie.

Puis elle s'expliqua, sous le regard interrogateur d'Anna :

— Adrien a toujours été indépendant. Dès l'adolescence il a pris ses distances avec nous. Il faut dire que son père n'était pas quelqu'un de facile. Un homme honnête, qui savait être généreux, mais intransigeant. L'ambiance n'était pas toujours à la fête. Ils s'accrochaient souvent tous les deux. Un jour, ils ont failli en venir aux mains. Adrien avait quinze ans. Il a traité son père de connard, puis il a disparu pendant trois jours. Quand il est revenu, Sergio était tout miel avec lui. Adrien avait gagné le respect de son père en l'insultant ! C'était ce genre d'homme, Sergio. Il aimait les rapports de force. Moi je n'étais pas comme ça.

Gabrielle parla de la visite surprise de son fils, au début du mois d'avril, de l'agacement qu'elle finissait toujours par provoquer chez lui.

— Pourquoi ? s'étonna Anna. Il était en conflit avec son père, pas avec vous.

La question déstabilisa Gabrielle, qui prit le temps de la réflexion avant de répondre :

— Je pense qu'il ne m'a jamais pardonné de ne pas m'être suffisamment interposée entre lui et son père, de ne pas l'avoir protégé. Sergio ne l'a pas frappé, mais ses mots pouvaient être pires que des coups.

Gabrielle guetta une réaction de la part d'Anna, l'expression d'un trouble ou une ombre voilant brusquement son regard, mais rien ne se passa. Les deux femmes laissèrent derrière elles la sérénité des petites rues champêtres pour retrouver le vacarme de la civilisation rue d'Alésia.

Sur le chemin les ramenant vers la rue Raymond-Losserand, Gabrielle montra à Anna les commerces qu'elle fréquentait et qui contribuaient à faire de ce quartier un village : un fromager, un primeur, un cordonnier… Elle proposa ensuite de boire un café au « Septième Art », une brasserie dont elle connaissait le patron. Il lui fit la bise quand elles entrèrent et Gabrielle expliqua à Anna que leurs familles avaient été amies et concurrentes, chacune ayant tenu un bar à Montparnasse durant la même période et à deux rues de distance.

— Je ne bois jamais de café chez moi, ajouta-t-elle alors qu'elles s'asseyaient à l'une des tables. J'aime venir ici, de temps en temps, et prendre un expresso au comptoir. Ça me rappelle le bar de mon père, ses bruits, ses odeurs… J'ai eu une enfance heureuse.

— Moi aussi, je crois.

Elles commandèrent deux cafés et Gabrielle incita son interlocutrice à plus de confidences.

— En tant que fille unique vous ne vous sentiez pas un peu seule ?

— J'étais seule mais pas solitaire. J'avais des amis. Et puis j'ai eu Sacha.

Les yeux d'Anna se baissèrent et elle sursauta légèrement au bruit des tasses qu'un serveur posa sur la table.

— Vous vous êtes connus tellement jeunes… Vivre avec lui ressemble à ce que vous imaginiez lorsque vous étiez adolescente ?

— Je n'imaginais rien à cette époque. Je l'aimais sans m'en rendre compte. Je n'ai jamais pensé vivre, encore moins me marier avec lui jusqu'à nos retrouvailles, après ma dépression. Et là ça s'est imposé, comme une évidence.

Gabrielle se demandait comment venir à bout de la retenue d'Anna. Ses mots si rares, son regard fuyant... Comment la mettre en confiance, lui faire comprendre qu'elle pouvait tout lui dire et se délester de ce poids qu'on sentait peser sur ses épaules ?

— Le mariage n'est pas une sinécure, finit-elle par se lancer avec un sourire de connivence, je suis bien placée pour le savoir. Vous ne semblez pas avoir beaucoup d'amis à Paris alors si vous avez besoin de parler, de quoi que ce soit...

Elle laissa sa phrase en suspens. L'expression d'Anna, dans laquelle elle lut l'inquiétude et l'interrogation, ne l'encouragea pas à poursuivre. Un silence gênant s'installa. Anna y mit fin en regardant sa montre.

— Il faut que j'aille travailler, dit-elle en prenant son sac pour y chercher son portefeuille.

Gabrielle l'arrêta.

— Je vous invite, insista-t-elle. La prochaine fois, ce sera vous.

Un sourire furtif passa sur les lèvres d'Anna. Elle remercia Gabrielle, puis hésita avant de se lever.

— Allez-y, moi je reste encore un peu, la conforta celle-ci.

Les deux femmes se dirent « à bientôt » et Gabrielle commanda un autre café au patron. Il le lui apporta, prenant le temps d'échanger quelques nouvelles, puis retourna derrière son comptoir.

Gabrielle ne cessait de penser à Anna. À la détresse

qu'elle devinait, derrière son mutisme et sa façon d'être perpétuellement sur la défensive, telle une bête traquée. À son front tuméfié. Pour Gabrielle, cela ne faisait plus de doutes. Cette jeune femme avait besoin d'être protégée de son mari.

17

Journal d'Anna, le 21 avril

La voisine m'a mise mal à l'aise. Sa façon de me poser des questions, de m'inciter à parler de ma vie avec Sacha, de mon désir d'enfant, comme si elle cherchait à me faire avouer quelque chose… Je n'aurais pas dû accepter cette balade. Sacha a raison. Sa curiosité est malsaine.

Journal d'Anna, le 2 mai

Arrivée hier après-midi à Grenoble.

L'impression de renouer avec une part de moi-même qui m'est devenue étrangère. Mes parents. Mon enfance. Ma dépression. Sacha présent partout et pourtant absent. La sensation d'avoir quitté cet endroit il y a une éternité, alors que ça ne fait que sept mois.

Je trouve à Maman un air fatigué. Elle me dit qu'elle est en forme, mais qu'elle se fait du souci pour moi. Est-ce que je vais vraiment mieux ? Son inquiétude en voyant sur mon front la marque laissée par ma chute dans l'appartement. Son incrédulité face à mes explications. Elle s'est aussi plainte de ne jamais entendre Sacha au téléphone.

Papa est tout de suite entré dans le vif du sujet : je ne peux pas rester dépendante de Sacha, je dois trouver un emploi. Est-ce que je suis sûre de ne pas vouloir retenter ma chance dans l'éducation ?... Il est toujours le même. Ses certitudes m'écrasent. Elles écrasent aussi maman, cela me saute aux yeux maintenant que je me suis éloignée de cette maison.

Papa s'obstine à ne pas me demander de nouvelles de Sacha.

Nuit de mauvais sommeil dans mon lit d'adolescente. Sacha me manque. Ce matin, j'ai fait un tour en ville avec maman. Nous sommes allées dans sa librairie préférée, qui par chance ne faisait pas le pont. Elle a acheté deux romans pour la semaine à venir, dont un qui est une lecture « imposée » par le club de lectrices qu'elle vient de rejoindre. « Ton père ne s'intéresse qu'à ses bouquins d'économie ou aux copies de ses étudiants. Avant je parlais de livres avec toi, mais maintenant que tu es partie... » Je crois que maman se sent très seule. Elle me fait un peu penser à notre voisine, même si papa n'a jamais été un tyran domestique, seulement l'homme le plus buté de la terre.

Il en a fait la démonstration au moment du déjeuner. Nous l'avons rejoint aux « Larmes du tigre », ce restaurant vietnamien qui existait déjà avant ma naissance. Un endroit que papa affectionne particulièrement. Là, il est revenu à la charge : les deux premières années sont les plus difficiles pour un enseignant, il ne faut pas que j'abandonne, je dois me donner une seconde chance… Il me trouve trop faible, influençable, Sacha n'a pas à dicter ma conduite… J'ai éclaté en sanglots. Et je m'en veux tellement d'avoir craqué devant lui, devant maman. Mais soudain, c'était trop. Le reste du repas s'est déroulé dans un long silence, entrecoupé des quelques tentatives de maman pour relancer un semblant de conversation avec moi.

Je ne suis pas repartie avec eux ensuite. Je suis allée me réfugier dans un café de la place Notre-Dame, en bas de mon ancien studio, et j'ai appelé Sacha. Il a réussi à me calmer. Il m'a même fait sourire, en me racontant sa rencontre avec Madame Lamperti dans le hall d'entrée de l'immeuble. Elle demandant de mes nouvelles de façon insistante, et lui s'en tenant à des réponses laconiques, omettant de lui parler de mon séjour à Grenoble.

Un rêve dont je ne parviens pas à me souvenir m'a réveillée tout à l'heure et je n'arrive pas à me rendormir. Je viens de prendre un demi-Lexomil. Encore une journée dans cet enfer et je retrouverai Sacha. Il me semble qu'il était dans mon rêve, et qu'il pleurait. Je pense avoir rêvé de ma mort.

II

Il y a six mois

18

Il avait eu sa révélation, véritable épiphanie, un jour de kermesse, en montant sur l'estrade tout juste désertée par la chorale de son école qui venait d'y interpréter des chants appris au cours de catéchisme. Il avait dix ans tout rond. Aujourd'hui encore, il ne s'expliquait pas cette pulsion qui l'avait fait se lever de la chaise sur laquelle il avait assisté au spectacle, à côté de sa mère, et se précipiter sur la petite scène érigée dans la cour avant que l'auditoire ne s'en aille vers d'autres attractions. Il s'était campé bien droit face au public, le mettant au défi de rester, et avait entonné Mon homme, *de Mistinguett, avec une gouaille irrésistible et une voix qui allait chercher les spectateurs en dehors de l'enceinte de l'école.*

Il se souvenait de l'excitation, mêlée à un profond sentiment de plénitude, qu'il avait ressentie pour la première fois ce jour-là. Il était à sa place, sur cette scène bricolée à la va-vite, face aux gens de plus en plus nombreux qu'il parvenait à intéresser, à amuser… à séduire. Il n'était plus Gaspard Aubin, ce gamin de Rouen miséreux et mal fagoté, fils d'une blanchisseuse à la réputation de femme facile qui le ballottait d'un beau-père à l'autre, et d'un père inconnu, géniteur de passage, marin sur un bateau charbonnier. Il était Maurice Chevalier, Rudolph Valentino, ces hommes beaux, riches et célèbres qui plaisaient tant à sa mère. Il était qui il voulait, il était un autre. Et c'était ce qu'il n'avait jamais cessé d'être depuis.

Première page de *L'homme imaginaire*, roman de Théodore Sargue.

19

Les journées avaient filé sans qu'elle s'en aperçoive jusqu'à l'été. Le temps passait tellement vite. C'était ce que se disait Gabrielle chaque année, lorsque arrivait le moment des départs en vacances, cette interminable succession de chassés-croisés jusqu'à la rentrée. Les résidents désertaient l'immeuble, les Parisiens dans leur ensemble fuyaient la capitale, elle avait cette période en horreur. Depuis la mort de son mari, elle ne participait plus à cette grande transhumance estivale. C'était un soulagement. Elle se souvenait du pèlerinage obligé à Charleroi, dans sa belle-famille, à chaque début de vacances. Puis l'Italie durant deux semaines… L'avion, les plages bondées, la chaleur…

La canicule qui sévissait sur l'ensemble de la France depuis près d'une semaine lui rappelait ses vacances en Sicile. Un mois de juillet accablant. Il n'y avait plus qu'elle dans l'immeuble, deux jeunes couples et l'octogénaire du cinquième, dont l'infirmière intensifiait ses visites. Gabrielle commençait à se demander s'il passerait l'été. Elle-même accusait le coup et ne quittait pratiquement pas le canapé, ce périmètre restreint où l'air était brassé par un ventilateur sur pied. Elle n'était pas sortie depuis deux jours, sauf pour récupérer son courrier, et s'était fait livrer les provisions de base. Surtout des fruits, des légumes et un pack d'eau minérale dont elle avait entamé la première bouteille, buvant consciencieusement un verre toutes les deux heures. Météo France n'annonçant pas d'amélioration imminente, Gabrielle avait pris ses précautions, d'autant qu'elle ne pouvait compter que sur elle-même. Personne ne lui ferait ses courses ou ne viendrait s'assurer de sa bonne forme. Ni son fils, qui était à l'autre bout du monde et ne l'avait pas rappelée depuis la fête des Mères, ni Anna, qui se trouvait Dieu sait où, quelque part en vacances avec son mari… Elle les avait entendus partir. D'abord des va-et-vient à n'en plus finir au-dessus de sa tête, puis en entrebâillant sa porte elle avait reconnu le bruit d'une valise à roulettes. Il y avait aussi eu les miaulements répétés du chat qui avaient résonné dans la montée d'escalier. Ils avaient emmené leur félin avec eux. L'étage supérieur était vide et obstinément silencieux. Cela ne changeait pas grand-chose, Anna la snobait depuis le mois d'avril et leur promenade dans le quartier. À peine récoltait-elle un bonjour furtif et quelques banalités d'usage quand elle la croisait en bas de l'immeuble. La jeune femme arborait à chaque fois un air affairé, pressant le pas et préférant monter à pied les quatre étages qui menaient à son appartement, laissant l'ascenseur à Gabrielle. Cette dernière pensait même qu'Anna, afin de l'éviter, ne prenait plus du tout l'ascenseur. Gabrielle se repassait régulièrement le film de leur balade, puis de leur discussion au café. S'était-elle montrée trop indiscrète ? Dans ses souvenirs, elle n'avait fait que proposer à la jeune femme une oreille amicale. À aucun moment elle ne lui avait fait part de ses soupçons. Alors pourquoi un tel comportement ? La situation d'Anna était-elle pire que ce que Gabrielle imaginait ? Ou fallait-il toujours se heurter au rejet et à l'ingratitude lorsqu'on essayait d'aider les gens ?

Pour couronner le tout, son ordinateur venait de la lâcher. La température lui avait sans doute été fatale. Elle l'avait allumé dans la matinée et avait à peine eu le temps, sur sa page d'accueil, de lire un gros titre annonçant qu'un astéroïde d'un kilomètre de diamètre s'apprêtait à frôler la Terre. Soudain, l'image s'était rétrécie jusqu'à ne devenir qu'un minuscule point lumineux au milieu de l'écran. Puis plus rien, l'appareil s'était éteint et ne voulait plus se rallumer. Elle avait composé à deux reprises le numéro de l'atelier d'informatique, espérant que, même si les cours étaient suspendus durant deux mois, quelqu'un lui répondrait et pourrait la conseiller. Mais elle était tombée à chaque fois sur le répondeur, et la voix de Max annonçant la date de réouverture des bureaux en septembre. Assise sur son canapé, la peau moite de sueur et son ordinateur inutile posé à côté d'elle, Gabrielle n'avait aucune envie de se préparer à déjeuner. Elle en venait presque à espérer que l'astéroïde, déviant sa course de quelques millions de kilomètres, entre en collision avec la Terre pour mettre fin à sa déception et à son ennui.

Tout était tellement plus simple quand elle était enfant. Elle prêtait main-forte à ses parents au bar, elle veillait sur son frère… Les journées passaient vite et elle se sentait importante. Plus tard aussi, lorsque Adrien était encore petit, elle était une mère et une épouse accomplie, dévouée à sa famille, attentive aux besoins de chacun. Était-ce là sa récompense ? Cette vie inutile, aussi dépeuplée que l'appartement des Malkine ?

Elle devait se lever de ce canapé et arrêter les lamentations. S'apitoyer sur son sort n'était pas dans ses habitudes et ne changerait rien à l'affaire. Cela ne changerait en tout cas pas la nature foncièrement égoïste de la plupart de ses congénères. Elle s'était fait livrer des pêches blanches, ses préférées. En manger une lui ferait du bien. Elle quitta l'atmosphère attiédie du canapé pour affronter l'air immobile et surchauffé du reste de l'appartement. En croquant dans le fruit juteux, elle pensa à son vieux voisin du cinquième, Monsieur Domange. Avait-il de quoi se nourrir et s'hydrater correctement ? Il était propriétaire et vivait dans l'immeuble depuis presque aussi longtemps qu'elle. Il avait connu Sergio, avait vu Adrien grandir… Un homme seul, très discret mais dont le sourire était toujours affable. Comme il n'était pas dénué d'un certain charme, Sergio ne l'avait jamais aimé. Il se méfiait. À présent, elle s'en amusait… Pourquoi ne pas passer le voir ? Elle ignorait de quels maux il souffrait exactement, son infirmière ne lui ayant jamais rien dévoilé des soins qu'elle lui dispensait, mais sa solitude devait être plus cruelle encore sous un tel climat et dans son état de faiblesse. Elle avait pris l'ascenseur avec la soignante, une femme d'une quarantaine d'années au visage et au maintien austères, trois jours plus tôt. Toujours secrète sur l'état de santé de son patient, elle lui avait tout de même appris qu'en raison des fortes chaleurs et jusqu'à la fin de l'été, ses visites hebdomadaires à Monsieur Domange devenaient bihebdomadaires, chaque lundi et jeudi. Nous étions vendredi, il n'était pas idiot d'aller vérifier si tout allait bien au cinquième.

Gabrielle se passa un peu d'eau fraîche sur le visage, redonna un semblant de forme à son carré court, puis elle sortit et appela l'ascenseur. Deux étages plus haut, elle s'attendit à ce que le vieil homme mette un certain temps à lui ouvrir et fut surprise d'entendre un pas assuré approcher rapidement de la porte seulement quelques secondes après avoir sonné. Elle se retrouva face à l'infirmière et tressaillit.

— Que faites-vous là ? demanda-t-elle sous le coup de la surprise et en se rendant immédiatement compte de l'incongruité de sa question.

Gabrielle s'excusa et remarqua quelque chose de différent chez la soignante. Son visage, habituellement sans fard, était maquillé. Il y avait aussi ses longs cheveux blonds, qui n'étaient pas maintenus captifs en un chignon sévère mais tombaient librement sur ses épaules. Elle regardait Gabrielle, l'air décontracté, un sourire tranquille sur les lèvres.

— Je pensais que le vendredi n'était pas un jour de visite pour vous. Je venais voir si Monsieur Domange avait besoin de…

— Je ne suis pas en visite, l'interrompit l'infirmière.

Gabrielle hésitait à poursuivre, gagnée par une sensation de malaise, lorsque la voix de Monsieur Domange se fit entendre :

— Chérie, qui est-ce ?

Tournant son visage en direction de la voix, l'infirmière répondit :

— Personne, la voisine du troisième.

Puis son sourire s'élargit quand elle s'adressa à Gabrielle :

— C'est gentil d'être passée, Monsieur Domange va bien.

Incapable de prononcer un seul mot, Gabrielle se contenta de hocher la tête. L'infirmière lui souhaita une bonne journée, ajoutant d'un ton aimable avant de fermer la porte :

— Et surtout n'oubliez pas de boire !

L'air hébété et plus accablée que jamais par la chaleur, Gabrielle retourna chez elle et reprit sa place, face au ventilateur. La confusion régnait dans son esprit. Était-il possible que la jeune femme qui lui avait ouvert la porte soit en couple avec Monsieur Domange, un homme malade de quarante ans son aîné ? Avait-elle mal compris ? Elle n'avait jamais vu l'infirmière aussi coquette et détendue… Et ce « chérie » lancé par l'octogénaire… Devant l'expression épanouie de la soignante, Gabrielle s'était sentie déplacée, presque ridicule. Il n'y avait qu'un couple pour vous renvoyer si brutalement à votre insignifiance. À votre solitude.

Gabrielle ressentait un trouble qui allait bien au-delà de

la surprise provoquée par le lien unissant Domange à son infirmière. Une sorte d'angoisse qu'elle ne parvenait pas à s'expliquer. Imperceptiblement, ses pensées la ramenèrent aux Malkine, et plus précisément à Anna. À ce qu'elle cachait elle aussi derrière sa porte, brièvement entrouverte puis refermée si brutalement. Cette pensée l'emplit de tristesse. Tout comme la certitude que malgré ses efforts pour se lier aux autres, les comprendre et les soutenir, elle demeurait une étrangère qu'on préférait laisser sur le seuil plutôt que de l'inviter à entrer.

20

Journal d'Anna, le 9 août

Jacques et Cyril arrivent ce soir. Dès qu'ils seront là, nous prendrons la route pour leur laisser la place dans la maison de Trouville. Nous rentrons à Paris. Comment remercier Jacques pour ces deux semaines durant lesquelles son si beau refuge est une nouvelle fois devenu le nôtre ? J'ai proposé à Sacha de l'inviter à dîner, avec Cyril, à leur retour de vacances. Pas chez nous, bien sûr, mais au restaurant. Nous pourrons toujours prétexter notre ignorance en matière culinaire pour nous excuser de ne pas les recevoir.

Maman a essayé de m'appeler ce matin, mais je n'ai pas décroché. Je ne sais plus quoi lui dire. Pourquoi ne passons-nous pas quelques jours à Grenoble cet été ? Et pourquoi pas un week-end à la montagne, dans l'appartement de Saint-Pierre ? Elle a essayé le portable de Sacha, il n'a pas décroché non plus.

Monk va être aussi malheureux que nous de partir. Il s'est habitué au bon air de la mer en passant son temps dehors, dans la cour de la maison…

Journal d'Anna, le 12 août

À Paris depuis trois jours et les deux semaines à Trouville paraissent déjà loin ! Coup de fil de François ce matin, pour prendre de mes nouvelles et me donner rendez-vous à son bureau la semaine prochaine. Il se prépare aux premières parutions de la rentrée, parmi lesquelles *L'homme imaginaire* qui plaît aux journalistes et a toutes ses chances dans la course aux prix. « Le texte est magnifique, bien sûr, m'a-t-il expliqué. Mais c'est aussi un premier roman, écrit par un homme tel que Théodore, avec son passé, son éloquence, sa culture… Sans parler de ses nombreux amis dans le monde des médias et des arts. C'est la configuration idéale pour nous… » Je n'ai pas osé demander à François si la « configuration » l'aurait emporté sur une fiche de lecture désastreuse.

En l'absence de Jacques, Sacha gère seul l'atelier et les deux apprentis qui y travaillent avec lui. Il part tôt et rentre tard. Les journées sont longues. J'ai hâte de me remettre à mes fiches de lecture.

Mon sommeil, qui ne m'a posé aucun problème durant les vacances, recommence à être perturbé. Peuplé de rêves dont je ne me souviens pas mais qui me réveillent plusieurs fois dans la nuit. Je continue de résister à la tentation de prendre du Lexomil tous les soirs.

Est-ce l'appartement qui m'empêche de dormir ? Ou bien Paris, les messages de maman auxquels je ne réponds pas, la voisine que j'évite ? Cette solitude à nouveau si pesante.

Journal d'Anna, le 13 août

Séance avec Declerck ce matin. Je lui ai parlé de nos vacances. De mes problèmes de sommeil depuis notre retour. Il avait cette façon de me fixer, pendant que je lui racontais tout ça... La concentration un peu lasse de l'écoutant blasé. Peut-être perçoit-il, derrière mes paroles, les mensonges et les omissions qui s'y cachent. Peut-être en a-t-il assez. Et puis soudain, il m'a demandé si Sacha avait eu des accès de colère dernièrement, s'il s'était à nouveau montré violent dans ses paroles ou ses gestes. J'ai répondu non et il a paru sceptique. Est-ce qu'il m'était arrivé de me sentir menacée ? Je l'ai détesté. Il ne sait rien de Sacha. Il ne sait rien de nous. Je vais annuler notre prochaine séance et je pense ne jamais y retourner.

Vu la voisine ce matin dans la cour, en revenant de chez Declerck. Elle sortait de l'immeuble. Elle mourait d'envie d'entamer la conversation, je me suis contentée de lui dire bonjour et j'ai filé. Pas le moment.

Monk déprimé. Il miaule à la mort.

La nuit

C'est comme ça presque toutes les nuits. Je me réveille et la réalité de ce que nous sommes m'écrase. M'engloutit.

21

Gabrielle s'était offert un nouvel ordinateur portable. Une fois la canicule passée, elle n'avait pu attendre septembre et le diagnostic de Max pour se reconnecter au monde. Elle avait relégué le malade au fond d'une armoire et s'était rendue à la FNAC de la rue de Rennes. Sur les conseils du vendeur, elle avait choisi un modèle de la même marque et de la dernière génération. La retraite plutôt confortable de son mari lui permettant ce genre de folie, elle était rentrée chez elle revigorée et impatiente d'allumer son nouveau jouet.

Une semaine plus tard, cette acquisition lui permit d'appeler Adrien pour son anniversaire. Comme à son habitude, elle se connecta le matin et joignit son fils alors qu'il s'apprêtait à dîner. Il apparut tout de suite à l'image, souriant, et, après les remerciements d'usage, lui expliqua qu'il fêtait l'événement avec une dizaine d'amis invités par son épouse sans qu'il le sache.

— Caroline voulait me faire une surprise, c'est réussi !

Il était rare de voir Adrien laisser ainsi libre cours à son enthousiasme, surtout devant sa mère. Celle-ci en éprouva de la joie, et un léger pincement au cœur. Des éclats de voix et un fond musical lui parvenaient. Gabrielle s'attendait à ce que son fils mette fin à leur conversation mais, à sa grande surprise, il se leva pour aller s'installer un peu à l'écart du bruit. Elle distingua une baie vitrée derrière lui et, au-delà, une nuit inconnue. Adrien avait quarante-six ans et il était si loin. Une lampe éclairait son visage qui irradiait dans l'obscurité ambiante, lui donnant un air juvénile. Gabrielle songea au jour de sa naissance : elle avait oublié les douleurs de l'accouchement et gardait en mémoire la petite figure et le corps fripés, sortis d'elle quelques instants plus tôt, dont le poids léger mais insistant au creux de son bras avait instantanément fait d'elle une mère... Un Adrien devenu grand et subitement sérieux interrompit ses pensées :

— J'ai eu des nouvelles du Cambodge. Le poste de responsable du service de virologie se libère plus tôt que prévu. Nous nous installons à Phnom Penh dans quatre mois.

L'instant de grâce avait été de courte durée. Gabrielle retrouvait son fils, ses annonces déprimantes qui tombaient tel un verdict sans appel. Elle lui demanda si Caroline et lui envisageaient d'effectuer un séjour en France avant leur déménagement. « Non. Trop compliqué », répondit-il en baissant un instant les yeux avant de les relever, hésitant à poursuivre :

— Le vol est moins long pour le Cambodge. Tu pourras peut-être venir cette fois ?

L'interrogation formulée sans chaleur par Adrien fut suivie d'un long silence, que Gabrielle finit par briser pour demander si ses petites-filles étaient encore debout.

— Caroline vient de les coucher.

— Ça ne va pas être difficile pour elles, ce changement de pays et d'école en cours d'année ?

— En décembre, ce seront les vacances d'été à Nouméa. De ce côté-là, pas de problème. Elles arriveront dans leur nouvelle école à la fin du premier trimestre, rien d'irrattrapable…

Gabrielle eut envie de demander à Adrien si les fillettes parlaient d'elle de temps en temps, si elles avaient envie de la voir… Mais Caroline arriva et, d'un air qui se voulait affable, signifia à son mari que ses invités l'attendaient. Elle adressa un petit signe de la main à Gabrielle avant de repartir. Adrien la suivit des yeux puis se retourna vers sa mère.

— Je vais devoir y aller, dit-il sans pour autant paraître pressé de raccrocher.

Gabrielle attendit donc la suite, puisque Adrien n'en avait visiblement pas fini avec elle, arborant cet air de réflexion intense qui annonçait une question.

— Et toi, tu vas bien ? Tu vois toujours ta voisine du dessus… Anna, c'est ça ?

Gabrielle ne s'attendait pas à ce que son fils lui parle une nouvelle fois de la jeune femme, encore moins qu'il se souvienne de son prénom. Elle lui répondit qu'Anna et elle s'étaient un peu perdues de vue pendant les vacances, mais qu'elle l'avait croisée dans le hall de l'immeuble, quelques jours plus tôt, et qu'elle lui avait trouvé une mine fatiguée pour quelqu'un qui revenait de deux semaines de congés. Adrien ne fit aucun commentaire et sa mère voulut savoir pourquoi il s'intéressait à Anna.

— Pour rien, se contenta-t-il de répondre. Il faut vraiment que j'y aille.

Il remercia une nouvelle fois sa mère pour son appel et tous deux se déconnectèrent. Comme toujours après avoir parlé avec son fils, Gabrielle trouva le silence insupportable. Faudrait-il qu'elle aille jusqu'à Phnom Penh pour le voir enfin, et passer un peu de temps avec ses petites-filles ? Adrien supporterait-il de l'avoir à demeure plus de deux ou trois jours ? Et sa femme ? Caroline était si froide avec elle. Si distante. Pourtant, Gabrielle se considérait comme une belle-mère conciliante et à l'écoute, prête à rendre service. Rien à voir avec sa propre belle-mère, Rosa, qui s'était montrée tyrannique avec elle. Caroline ne se rendait pas compte de sa chance. La mère de Sergio, cette femme-dragon qui portait à son fils, unique « mâle » de ses cinq enfants, un amour démesuré et toxique, en avait toujours voulu à Gabrielle de l'avoir « gardé » à Paris. Elle avait passé son temps à monter son fils contre sa belle-fille, à s'immiscer dans les décisions qu'ils auraient dû prendre à deux… Ainsi, Gabrielle se souvenait du lendemain de son accouchement, lorsque la matriarche était arrivée à la clinique pour voir son petit-fils et choisir son prénom : Adriano. Un hommage au grand-père maternel de Sergio. Ce dernier avait obtempéré sans broncher, assurant à Gabrielle que l'idée de sa mère était bien meilleure que celles qu'ils avaient pu avoir en passant en revue tous les saints du calendrier. Gabrielle ne partageait pas son avis mais elle avait laissé faire, comme souvent à l'époque, demandant simplement que le prénom soit francisé. Un prénom qu'elle avait fini par aimer, malgré tout. Plus tard, le couple ne parvenant pas à avoir un autre enfant, Rosa avait accusé Gabrielle de prendre la pilule en cachette, comme toutes ces Françaises dévergondées qui défilaient dans les rues et brûlaient leurs soutiens-gorge. Elle avait même convaincu Sergio de fouiller dans les affaires de sa femme, à la recherche des plaquettes contraceptives… Gabrielle n'avait jamais su pourquoi elle n'avait pas pu tomber à nouveau enceinte. Physiologiquement, ni elle ni Sergio n'avaient de problème. Peut-être que son esprit avait commandé à son corps et qu'inconsciemment, elle n'avait pas voulu faire ce plaisir à Rosa.

Sergio était resté inconsolable de la mort de sa mère. De longues années après, il lui arrivait de sangloter comme un enfant à l'évocation de la longue maladie et du décès de celle-ci. Gabrielle l'avait soutenu, en épouse exemplaire, et n'avait jamais dit à son mari ce qu'elle pensait de cette femme. Un autre souvenir lui revint : ses efforts pour ne pas sourire lorsque, du vivant de Rosa, Sergio appelait sa chère « mamma » chaque soir pour prendre des nouvelles et lui faire le récit appliqué de ses succès professionnels : le grand patron qui ne pouvait se passer de lui et les clients avec qui il fumait le cigare dans les grands restaurants parisiens. Dans ces moments-là, c'était intérieurement que Gabrielle se moquait de ses airs d'écolier en attente de félicitations.

Mais aurait-il pu se comporter autrement, élevé entre un père inconsistant et une mère matrone ?

Oui, Gabrielle avait été en tout point une épouse exemplaire. Jusqu'au dernier souffle de son mari. Et cette pensée lui donna comme toujours le sentiment réconfortant du devoir accompli.

22

Journal d'Anna, le 25 août

Lancement de *L'homme imaginaire* hier soir, dans une librairie de Saint-Germain-des-Prés. Sacha m'avait promis de m'y rejoindre après le travail, mais je pensais qu'il ne viendrait pas. Joie intense de le voir arriver !

Énormément de monde. François était ravi. Théodore Sargue a subjugué son auditoire au moment de la présentation de son livre. Il a parlé de sa passion pour le théâtre, pour les comédiens… Mais aussi de cette grande scène qu'était finalement la vie. Ces jeux que nous jouons tous, ces rôles que nous interprétons pour exister aux yeux des autres, pour être acceptés par eux.

J'ai présenté Sacha à François et à Théodore. Au moment de faire signer mon exemplaire de son roman à l'auteur, celui-ci m'a glissé quelques mots concernant Sacha : « Avec ce physique, il pourrait être acteur. Il en a l'intensité et l'incandescence. Il me fait penser à Delon à trente ans. Vous avez vu ce film de Robert Enrico, *Les aventuriers* ? » J'ai répondu non et il a ajouté : « Sacha serait un Gaspard Aubin parfait dans une adaptation cinématographique de mon roman. » Il m'a adressé un clin d'œil et ne s'est pas rendu compte du trouble dans lequel ses mots m'avaient plongée. Je suis allée en parler à Sacha, qui a souri. Il m'a dit « C'est la barbe », en passant une main sur sa joue assombrie de plusieurs jours sans rasage. Il connaissait le film de Robert Enrico et m'a montré quelques photos sur Internet. Delon en simple tee-shirt noir, décoiffé par le vent du large et le regard lointain… J'ai compris ce que voulait dire Théodore.

François nous a proposé de dîner avec lui et son auteur après le lancement. Nous avons décliné, prétextant un rendez-vous, des amis à retrouver du côté de Montparnasse.

Il faisait doux, Sacha était détendu… Le monde de l'édition s'agite, mais Paris est encore en vacances et n'a pas retrouvé sa frénésie habituelle. Nous avons marché sans nous presser jusqu'à un italien de la rue Pernety. Sacha adorable pendant le repas, ses gestes tendres qui me font oublier tout le reste.

Journal d'Anna, le 29 août

Ramené Monk chez le vétérinaire ce matin. Résultats de sa prise de sang : rien d'anormal. Son refus de manger est certainement lié à notre séjour à Trouville. Voyage, changement d'habitudes, grand air puis retour au confinement…

Monk déprime. Je suis repartie du cabinet avec des boîtes censées lui redonner de l'appétit.

Peut-être que je passe trop de temps seule avec ce chat. Je lui transmets mes angoisses.

Maman m'a appelée pour me dire qu'elle m'avait… écrit. Une lettre que je recevrai certainement demain ou après-demain. Elle a préféré la chaleur du papier à la froideur d'Internet. Rien de grave, m'a-t-elle assuré, simplement elle a ressenti le besoin de renouer un lien qu'elle sentait distendu entre nous, et c'était plus simple de le faire par écrit. Elle ne m'a rien dit de plus, je dois attendre.

Journal d'Anna, le 2 septembre
La nuit

Monk introuvable.

23

Le jour de la reprise des cours, Gabrielle arriva en retard à l'atelier d'informatique. Cela ne lui était encore jamais arrivé depuis qu'elle fréquentait cet endroit. C'était à cause du métro, qui était resté bloqué un long moment entre Cité et Châtelet. Pourtant, le cours n'avait pas encore commencé lorsqu'elle poussa les portes de l'atelier, passablement essoufflée d'avoir marché à vive allure pour rattraper le temps perdu dans les transports. Les ordinateurs étaient en veille et la dizaine d'élèves présents discutaient à bâtons rompus avec Max. Comme ils ne remarquèrent pas immédiatement sa présence, Gabrielle eut le temps de comprendre qu'ils parlaient d'un dîner prévu dans un restaurant des Halles… Ils se turent lorsque l'animateur, l'ayant enfin vue à l'entrée de la salle, la salua avec un enthousiasme qui lui parut forcé. Chacun gagna ensuite son poste et la sexagénaire s'empressa de s'asseoir à côté de Solange, qui lui fit la bise tout en lui annonçant que Laurentine n'assisterait plus au cours.

— Elle m'a appelée ce matin. Maintenant que son mari est à la retraite, elle n'a plus le temps...

Le mot « retraite » n'était décidément pas adapté aux femmes au foyer qui, du jour au lendemain, voyaient leur territoire assiégé par des époux aussi désœuvrés qu'envahissants. Gabrielle en avait fait l'expérience. « Séisme » ou « chaos » lui paraissaient plus appropriés.

L'atelier débuta et Gabrielle n'attendit pas longtemps avant de demander à Solange des explications sur ce qu'elle avait entendu en arrivant.

— Oh ça..., dit Solange sans quitter son écran des yeux. C'est pour la soirée de dimanche. Max proposait un apéritif dans un autre endroit avant de se retrouver à la brasserie « Au pied de Cochon ».

— Quelle soirée ? réagit Gabrielle, interloquée.

Son amie, daignant enfin la regarder, s'étonna à son tour :

— Tu n'as pas reçu le message de Max ? Il a organisé un dîner pour fêter la rentrée. Chacun paie sa part, bien sûr, mais c'est quand même sympa, non ?

Gabrielle ne répondit pas. Elle resta silencieuse, faussement concentrée sur l'apprentissage du jour, jusqu'à la fin de la session. Sa voisine l'imita, puis se contenta d'un signe de la main en guise d'au revoir.

— Je file, les enfants viennent manger ce soir, dit-elle en s'éloignant d'un pas précipité.

Gabrielle attendit que la salle se vide et s'approcha de Max. Ce dernier, assis derrière son ordinateur, lui sourit gentiment avant de lui demander comment s'étaient passées ses vacances.

— Très bien, répliqua-t-elle sèchement.

Puis elle enchaîna, ne laissant à son interlocuteur aucune possibilité de reprendre la parole :

— Je n'ai pas été invitée au dîner prévu dimanche. Est-ce normal ?

La surprise empourpra légèrement le visage de l'animateur, qui s'absorba dans la recherche du mail envoyé à ses élèves. Au bout d'une attente qui sembla interminable à Gabrielle, il lui dit, l'air désolé :

— Je ne comprends pas, je pensais avoir écrit à tout le monde… Mais vous êtes la bienvenue, Gaby, bien sûr ! Je vais vous envoyer un message avec les adresses et les horaires pour l'apéro, et le resto après…

Il ne l'avait jamais appelée Gaby. Il pensait certainement que l'emploi de ce diminutif l'amadouerait. Pour Gabrielle, qui avait ce petit nom en horreur, cela ne fit que confirmer son impression que Max lui mentait. C'était sciemment qu'il ne l'avait pas incluse dans la liste de ses destinataires. Elle eut envie de le lui dire mais préféra s'abstenir, se contentant de quitter la salle sans un mot, sans même réagir lorsque Max lui lança « À dimanche ! » avant qu'elle ne passe la porte.

Elle chercha des explications durant le trajet en métro qui la ramena chez elle, se posant sans s'en rendre compte des questions à voix haute sous les regards inquiets des autres voyageurs. Pourquoi se retrouvait-elle ainsi mise au ban du groupe d'informatique ? Qu'avait-elle pu faire, ou dire ? La décision de ne pas la convier à la soirée avait-elle été prise uniquement par Max ? L'animateur et les élèves invités s'étaient-ils concertés ? Solange était-elle dans la confidence malgré son air candide ? Avec Laurentine, elle était la seule élève avec qui Gabrielle avait eu de réels échanges depuis qu'elle fréquentait le cours. Les autres, en dépit de ses nombreuses tentatives, s'étaient montrés très peu portés sur la discussion.

En ressortant à l'air libre à Montparnasse, son esprit était en ébullition et elle eut l'idée de téléphoner à Laurentine. Avec son franc-parler, celle-ci ne la laisserait pas dans l'ignorance si Solange l'avait mise dans la confidence. Elle tenta de la joindre à trois reprises, mais tomba à chaque fois sur sa boîte vocale au bout de plusieurs tonalités. Agacée, elle ne laissa pas de message.

Elle était à cran en arrivant dans le hall de son immeuble. Désireuse de n'y croiser personne, elle pressa le pas pour aller appuyer sur le bouton d'appel de l'ascenseur. Absorbée dans ses pensées, elle faillit ne pas remarquer ce qui se trouvait sur le paillasson de la gardienne, recroquevillé et craintif. Un miaulement attira son attention juste avant qu'elle n'entre dans la cabine. Un chat tigré la fixait de ses iris émeraude, immobile, le corps ramassé en boule. Elle reconnut immédiatement Monkey, devenu un chat adulte, grâce au collier rouge qui enserrait son cou. Que devait-elle faire ? L'animal avait vraisemblablement faussé compagnie à ses maîtres, profitant peut-être d'une porte laissée ouverte et d'un instant d'inattention… Anna était-elle chez elle ? Si oui, elle se rendrait compte assez vite de l'absence de son félin. Et si elle était partie à l'un de ces rendez-vous qu'elle avait parfois dans l'après-midi ? Gabrielle pensa aller sonner chez les Malkine, mais était-il prudent de laisser Monkey sans surveillance ? Un chat comme celui-ci ne resterait pas longtemps en place. Et s'il poussait son exploration de l'immeuble un peu plus loin, se faufilant dans quelque recoin où on ne le retrouverait pas ? De plus, la gardienne pouvait sortir de chez elle ou arriver d'un instant à l'autre… Qui sait ce qu'une fanatique comme elle était capable de faire à un animal ? Le jeter à la rue, ou pire ?

Elle s'approcha lentement du chat, lui parlant avec douceur pour le rassurer, espérant qu'il se souviendrait de son odeur et ne prendrait pas la fuite. Puis elle se baissa pour caresser d'une main prudente la tête du félin qui, après un léger mouvement d'esquive, se détendit, allant même jusqu'à ronronner. Cependant, le plus dur restait à accomplir pour Gabrielle. Se félicitant intérieurement de porter un gilet en coton qui couvrait ses bras alors que la douceur de la météo aurait pu l'en dissuader, elle se pencha pour se saisir délicatement de Monkey. « Viens là, mon petit singe », lui dit-elle en se redressant, l'animal blotti dans ses bras. Elle opta ensuite pour l'escalier, préférant ne pas prendre le risque d'une rébellion dans un endroit clos. Gabrielle monta les marches avec précaution, accélérant le rythme sur la fin en sentant l'animal se crisper et montrer des signes d'impatience. Elle eut le plus grand mal à ouvrir sa porte, s'efforçant de tenir le chat serré contre elle d'une main pendant qu'elle cherchait son trousseau de l'autre, puis insérant fébrilement la clé dans la serrure tandis que les griffes de Monkey commençaient à s'accrocher à son gilet.

Une fois rentrée, elle ferma la porte d'un coup de hanche. Puis elle relâcha Monkey d'un mouvement brusque et le félin fit un bruit mat en atterrissant sur le plancher. Il resta un instant immobile, en alerte, humant l'air et regardant tout autour de lui, puis s'éloigna lentement de Gabrielle pour explorer ce nouveau territoire. Gabrielle se rendit alors dans la cuisine, attentive au silence qui lui parvenait de l'étage supérieur. Elle remplit un bol de lait et s'aperçut que Monkey l'avait suivie, l'observant depuis le seuil. « Tu es plus sociable que ton maître », lui dit-elle en posant le bol à ses pieds. Le chat s'approcha en trottinant et se mit à laper le liquide. Gabrielle sourit et se pencha pour caresser son dos. Au même instant, des bruits de pas lui parvinrent du plafond : les claquements de talons qui annonçaient l'arrivée ou le départ d'Anna.

— Et si j'allais chercher ta maîtresse, mon petit singe ?

En guise de réponse, Monkey leva le museau de son bol et plongea un regard d'une innocence absolue dans les yeux de Gabrielle. Puis il sortit de la cuisine. La sexagénaire le vit sauter sur son canapé et, après une inspection en règle, s'y installer tel un sphinx reprenant une place qui était la sienne depuis la nuit des temps. Il n'en fallut pas davantage à Gabrielle pour changer ses plans quant à la suite des événements.

Après avoir jeté un dernier coup d'œil en direction de Monkey qui semblait s'être endormi, Gabrielle quitta le plus discrètement possible l'appartement. Elle tenait à bout de bras son caddie qu'elle n'osait faire rouler de peur qu'il attire l'attention d'Anna, dont les va-et-vient s'étaient intensifiés et qui n'allait certainement pas tarder à chercher son chat partout dans l'immeuble. Elle attendit de se retrouver dans la rue Raymond-Losserand pour accélérer le pas et traîner enfin le caddie derrière elle. Il fallait faire vite pour ne pas laisser Monkey seul trop longtemps. Éviter qu'il se soulage sur son canapé ou, pire, qu'il se mette à miauler ou à gratter à la porte en entendant sa maîtresse l'appeler.

Elle entra dans le supermarché, dont elle connaissait parfaitement la configuration, et se dirigea tout de suite vers le rayon dédié aux animaux de compagnie. À la caisse, l'employée avec qui elle discutait à chacun de ses passages se montra étonnée du contenu de son panier.

— Je garde le chat d'une amie, lui expliqua Gabrielle.

Sur le chemin du retour, sa marche rapide ressembla à une course et les gens se retournèrent sur elle dans la rue. Elle poussa la grande porte d'entrée à bout de souffle et s'efforça de garder le rythme pour traverser la cour. Elle tomba nez à nez avec Anna dans le hall de l'immeuble. Elle s'attendait à l'état de panique de la si fragile jeune femme, mais la réalité allait bien au-delà de ce qu'elle avait imaginé. Le visage encore plus pâle qu'habituellement, les larmes aux yeux, Anna lui demanda immédiatement si elle avait vu Monkey.

— Il s'est enfui ? fit mine de s'étonner Gabrielle.

— Il n'est plus dans l'appartement, dit Anna avec précipitation. J'ai fait tous les étages, je ne l'ai pas vu…

— Mais comment a-t-il pu sortir de chez vous ?

Gabrielle eut l'impression qu'Anna était sur le point de s'effondrer en larmes dans ses bras. Mais la jeune femme tint bon, pesant chacun de ses mots, semblant reconstituer le déroulé de sa matinée autant pour Gabrielle que pour elle-même :

— Un coursier est passé ce matin pour m'apporter un manuscrit. Je n'étais pas bien réveillée. Je n'arrive pas à dormir en ce moment, j'avais pris un cachet… Il est reparti, je me suis recouchée. Lorsque je me suis levée, c'était déjà l'après-midi… J'ai ajouté des croquettes dans la gamelle de Monk et puis je n'ai plus pensé à lui. Je me suis tout de suite mise au travail. Le manuscrit était à lire en urgence. Il s'est passé un long moment avant que je me lève pour aller chercher un fruit dans la cuisine. Et là j'ai vu que la porte d'entrée était ouverte. Je l'avais mal fermée, ou j'ai oublié de le faire, je ne m'en souviens pas. Et je me suis dit que je n'avais pas vu Monk depuis que j'étais debout… J'ai commencé à le chercher, à l'appeler, il n'était plus là…

L'air épuisé, Anna reprit son souffle avant de poursuivre :

— Il est bizarre depuis qu'on est revenus de vacances. Il passe son temps à miauler en fixant les murs, il mange très peu, il ne se laisse pas caresser…

Gabrielle songea que cela ne ressemblait vraiment pas au chat-sphinx qu'elle avait laissé sur son canapé.

— Vous m'avez dit que vous aviez fait les étages… et

les caves, est-ce que vous y êtes allée ? demanda-t-elle à la jeune femme.

Anna répondit par la négative avant de désigner la porte du hall.

— Et s'il était sorti ? Dans la cour, ou plus loin ?

— Écoutez, dit Gabrielle après avoir feint une intense réflexion. Commençons par les caves et nous verrons après. Ce ne serait pas la première fois qu'un animal de compagnie irait se cacher dans ce dédale de portes et de recoins poussiéreux. Vous ne bougez pas d'ici, je monte mes courses et je reviens. Nous ne serons pas trop de deux.

Anna acquiesça comme une petite fille sage. Gabrielle s'engouffra dans l'ascenseur avec son caddie, soulagée de le soustraire à la vue de la jeune femme.

Monkey n'était plus sur le canapé lorsqu'elle entra chez elle. Gabrielle le trouva sur son lit, allongé de toute sa longueur tel le propriétaire des lieux. Il l'accueillit avec un miaulement aigu qui se prolongea en un long bâillement. Gabrielle sourit mais ne s'attarda pas. Elle sortit ses achats du caddie : un sac de litière, des boîtes de pâtée et une gamelle. Elle alla recouvrir le fond de sa baignoire avec la litière puis se rendit dans la cuisine pour vider le contenu d'une des boîtes dans la gamelle. Monkey arriva tout de suite et se mit à manger.

— On m'a raconté que tu n'avais pas beaucoup d'appétit, petit singe, dit-elle d'un air amusé. J'espère que tu trouveras aussi facilement le chemin de la litière.

Gabrielle n'avait pas le temps de s'en assurer. Anna

l'attendait. Elle se dépêcha de quitter son appartement et de reprendre l'ascenseur. Oubliés Max, le cours d'informatique et cette soirée idiote où elle n'avait de toute façon aucune envie d'aller. Elle aurait bien mieux à faire de ses prochaines journées.

24

Journal d'Anna, le 3 septembre

Nuit blanche. Incapable de travailler ce matin.

J'étais pourtant épuisée, après avoir arpenté le quartier avec Sacha hier soir. Les cours d'immeuble jouxtant la nôtre, les rues pavées du côté de Pernety, les squares, les jardins… Monk n'est nulle part. Il peut être n'importe où.

Je me suis empêchée de prendre un cachet. Le dernier a causé suffisamment de dégâts. Sacha ne m'a fait aucun reproche, mais je l'ai déçu, je le sens bien. Je l'inquiète aussi. Il a retardé son départ pour l'atelier, et a même proposé de rester avec moi aujourd'hui. Je lui ai dit que ce n'était pas nécessaire, que je ne serais pas seule, en tout cas pas toute la journée. Ça ne l'enchante pas mais hier, après notre exploration des caves, la voisine du troisième a proposé de m'aider à coller des affiches dans tout le quartier, au cas où quelqu'un aurait aperçu ou recueilli Monk. J'avoue que son aide est la bienvenue. Mais c'est à moi de réaliser cette affiche, avec un texte et une photo de Monk, et de l'imprimer avant que Madame Lamperti arrive en début d'après-midi. La seule phrase que j'ai réussi à écrire pour l'instant est une question : Avez-vous vu Monkey ? Je me suis arrêtée là et l'idée de poursuivre me donne la nausée. Pourquoi ce qui paraît simple pour les autres est si compliqué pour moi ? Je me souviens de ce que me disait mon père, au sujet de mes dents de lait. Mes deux canines qui n'ont pas voulu tomber et que j'ai toujours, bien accrochées à ma mâchoire supérieure. « Tu n'as pas de crocs, tu ne peux pas mordre. Tu es sans défense. » Sacha me conseillait de ne pas écouter ces conneries. Pourtant, je n'arrêtais pas d'y penser ce matin, devant cette page blanche qui me mettait face à un nouvel échec. Si on ne retrouve pas Monk, je ne me le pardonnerai pas.

Journal d'Anna, le 4 septembre

Deux jours depuis la disparition de Monk et je ne sais toujours pas où il est, ni même s'il est vivant.

Appelé Declerck ce matin pour prendre rendez-vous. Il me faut un traitement. Rien de trop abrutissant, mais j'ai besoin d'aide.

Me suis remise à lire. Mais j'ai du mal à maintenir ma concentration, je passe mon temps à espérer un coup de fil, des nouvelles de Monk. Mon cœur s'emballe dès qu'une sonnerie retentit. Cela s'est produit à deux reprises aujourd'hui. Sacha a appelé sur mon portable pour prendre des nouvelles (de moi puis de Monk) en fin de matinée, puis la voisine sur le fixe, en début d'après-midi, pour savoir s'il y avait du nouveau. À chaque fois, un coup de sang suivi d'une terrible déception que j'ai cachée du mieux que je pouvais, surtout à Sacha.

Madame Lamperti a été adorable avec moi hier. Je n'y serais pas arrivée sans elle. Nous avons scotché et déposé une cinquantaine d'affiches dans les commerces, la clinique vétérinaire de la rue Pernety, les boîtes aux lettres de l'immeuble et des immeubles voisins. Elle a même réussi à me faire sourire, lorsqu'elle a glissé la dernière affiche dans la boîte de notre gardienne : « Le meilleur pour la fin », m'a-t-elle dit en me faisant un clin d'œil. Je lui ai proposé de venir prendre le thé ensuite, même si j'avais plutôt envie d'être seule. En entrant dans l'appartement avec elle, je me suis rendu compte du désordre qui y régnait et j'ai eu honte. Des vêtements et des manuscrits traînaient sur le canapé, un bloc de feuilles A4 éventré déversait son contenu sur le parquet, la vaisselle sale remplissait l'évier de la cuisine… Je me suis excusée pour le spectacle et la voisine a balayé mes mots d'un geste désinvolte, m'assurant que c'était normal de ne pas avoir la tête au rangement. Puis elle m'a aidée à faire place nette sur le canapé avant de s'asseoir. Elle m'a aussi proposé un coup de main pour la vaisselle, ce que j'ai refusé. En buvant son thé, elle m'a parlé du chat qu'elle avait eu enfant, Titus. Le petit chat noir qui passait son temps sur les genoux des clients dans le bistrot de son père. Un jour, il était sorti du café et n'était pas revenu. Avec son frère, ils l'avaient cherché partout et avaient collé des affiches dans la rue, « écrites à la main, celles-ci… ». Au bout d'une semaine, ils avaient perdu tout espoir de retrouver l'animal. Pourtant, un matin, Titus était entré dans le café, comme si de rien n'était. Il était amaigri et affamé, mais il ne lui avait pas fallu longtemps pour reprendre ses habitudes et sa place sur les genoux des consommateurs. « Vous voyez ? Nous n'avons jamais su où Titus était allé se fourrer pendant plus d'une semaine. Mais un chat, sauf s'il lui arrive un malheur, revient toujours vers son maître. Et c'est ce que fera le vôtre. » Elle avait l'air si sûre d'elle que j'y ai cru aussi, l'espace d'un court instant.

Lorsque je l'ai raccompagnée jusqu'à la porte, elle m'a gentiment grondée parce que je ne l'appelais toujours pas par son prénom. Je lui ai promis que j'essaierais. Je me sens si mal à l'aise avec elle, et même plus que ça. Au-delà de sa curiosité et des questions que je redoute, il y a quelque chose d'étrange qui se dégage de sa personne, cet empressement à aider, à écouter… Comme si sa propre vie en dépendait.

Sacha arrive. Ne pas avoir l'air trop abattu. Sourire.

Journal d'Anna, le 5 septembre

Lettre de maman arrivée ce matin. Je viens de la lire. Elle a le sentiment de m'avoir « perdue » depuis que j'ai quitté Grenoble. Que nous ne parvenons plus à communiquer. Elle m'a sentie « ailleurs », « fermée » lors de mon passage chez eux en mai. Triste. « Es-tu un peu heureuse dans cette grande ville aussi belle qu'elle peut être sans pitié ? La vie avec Sacha te convient-elle vraiment ? Il sait être impitoyable, lui aussi. Est-ce que nous aurions dû t'empêcher de partir ? Comment ? Tu es une adulte. Tu n'es plus une enfant, même si tu demeures notre enfant. »

Maman parle aussi de sa solitude, de papa absorbé par les deux années d'enseignement qui lui restent avant la retraite, de la frustration de mes coups de fil trop brefs et trop rares. Elle a découvert Alison Lurie grâce à son club de lecture, « la plus anglaise des auteures américaines, si douée pour épingler nos insignifiances », et me demande si je la connais… Et puis, juste avant de signer sa lettre, ces quelques phrases qui m'ont bouleversée : « J'ignore d'où te vient ce fardeau que tu portes. Cette ombre qui n'a jamais quitté ton regard, même lorsque tu étais une petite fille. Il y a cette pensée absurde dont je ne parviens pas à me défaire : est-ce que je t'ai vouée au malheur en choisissant le prénom que tu portes ? En t'associant ainsi à une héroïne si tragique, éprise d'absolu et irrémédiablement seule ? Peut-être ne se méfie-t-on pas assez des prénoms que l'on donne, des destins qu'ils contiennent et qui s'emparent de nos existences. Mon intranquille. Ne sois pas trop dure avec toi-même et promets-moi de prendre soin de toi. »

25

Monkey avait bien mal porté son nom le temps où il était resté chez Gabrielle. Le petit chat remuant et fugueur s'était conduit en matou placide et enjoué, volontiers câlin avec la sexagénaire qui au bout de trois jours avait pris goût à cette présence ronronnante à ses côtés. Gabrielle attribuait ce changement au calme que l'animal avait trouvé chez elle, et qu'il préférait sans doute aux scènes de ménage ainsi qu'à cette fébrilité quasi constante qui affligeait sa maîtresse. Aucune griffure ou détérioration n'était à déplorer. Il avait tout de suite repéré sa litière, passait ses après-midi près de Gabrielle sur le canapé, dormait à ses pieds la nuit… À croire qu'il faisait tout pour être adopté.

Mais il était temps de ramener Monkey chez lui et de mettre un terme au supplice enduré par Anna. Trois journées d'inquiétude et d'autoflagellation, c'était bien suffisant pour que la jeune femme, en ouvrant sa porte à Gabrielle avec Monkey dans les bras, lui accorde sa confiance pour un bon moment.

Les adieux furent difficiles. Pour elle comme pour Monkey. Gabrielle se donna du courage en se disant qu'elle récupérerait enfin sa baignoire et arrêterait de se laver au gant. Et qu'elle ne vivrait plus dans la peur qu'Anna, ou qui que ce soit d'autre, vienne sonner chez elle.

Lorsqu'elle prit le chat dans ses bras, celui-ci perdit subitement sa belle docilité et lui griffa le bras. Gabrielle le relâcha immédiatement. Il se réfugia alors dans la chambre, sautant sur le lit et s'y allongeant d'un air bravache. Gabrielle alla dans la cuisine et lui rapporta une de ces friandises dont il raffolait, un stick aromatisé au poulet. Elle s'assit au bord du lit et il vint près d'elle pour mordre le bâtonnet à l'odeur nauséabonde. Puis elle attendit qu'il termine pour le caresser et lui dire d'un ton raisonnable :

— Je n'ai pas le choix, mon petit singe. C'est pour le bien de ta maîtresse… Je viendrai te voir, promis.

Monkey lui tourna alors le dos pour entamer une toilette méticuleuse. En observant le poil propre et brillant de l'animal, Gabrielle se rendit compte que l'allure de Monkey ne collait absolument pas avec l'histoire qu'elle s'apprêtait à raconter à Anna. Elle retourna dans la cuisine. Dans le placard sous l'évier se trouvait un vieux sac de terreau refermé avec du scotch. Il devait dater de deux ou trois ans, c'est-à-dire de la dernière plante que Gabrielle, qui n'avait pas la main verte, avait laissée mourir. Décollant le ruban adhésif, elle ouvrit le sac et, après un rapide coup d'œil à son contenu, plongea ses mains dans la terre d'un air dégoûté. Elles en ressortirent charbonneuses et Gabrielle les garda bien loin de ses vêtements pour aller dans le salon où Monkey se tenait à présent, assis sur le parquet, l'observant avec circonspection. Elle s'approcha de lui lentement puis l'entoura de ses deux mains, le frottant vigoureusement avant que le chat, miaulant de mécontentement, ne s'éloigne promptement pour aller renifler son pelage à l'autre bout de la pièce. Gabrielle ne lui laissa pas le temps de se lécher et alla le récupérer, le tenant d'abord à bout de bras, puis acceptant l'idée qu'elle ne sortirait pas sans tache de cette aventure et le serrant contre elle. « Sans rancune, hein, mon petit singe ? » demanda-t-elle au chat avec une réelle inquiétude dans la voix.

Il se laissa porter sans trop rechigner jusqu'à l'escalier menant au quatrième puis, dès la deuxième marche, se mit à gigoter comme un beau diable. Gabrielle pressa le pas, arrivant à bout de souffle et aussi sale que Monkey devant l'appartement des Malkine. Elle relâcha le félin dès que la porte s'entrouvrit et celui-ci détala pour aller se réfugier derrière le comptoir de la cuisine. D'abord muette de stupeur, Anna suivit son chat des yeux. Puis elle se tourna vers Gabrielle, un sourire de plus en plus large ramenant la vie et un semblant de couleur sur son visage.

— Où l'avez-vous trouvé ? voulut-elle savoir tout en faisant signe à Gabrielle d'entrer avant de refermer la porte.

— Dans les caves… Lorsque nous y sommes descendues ensemble, je me suis dit qu'il faudrait que je revienne faire un peu de tri dans mon box. C'est ce que j'ai fait tout à l'heure, et c'est là que je l'ai entendu miauler… Il était assis devant l'entrée du local technique. Il s'est laissé approcher et prendre dans les bras sans problème. Il m'a peut-être reconnue…

— Il est resté trois jours dans les caves ? Pourquoi est-ce qu'on ne l'a pas vu ?

Gabrielle, qui s'était préparée à cette question, fit mine de réfléchir avant de répondre :

— Il n'y est peut-être pas resté tout le temps. Un chat, ça se faufile partout… J'imagine qu'il a dû trouver un passage menant à l'extérieur, à l'un des jardins ou des squares du quartier. Ça expliquerait la saleté, et aussi le fait qu'il n'ait pas l'air affamé. Il a sûrement trouvé des souris, et les poubelles des immeubles alentour…

Comme Gabrielle s'y était attendue (et l'avait espéré), Anna avait à peine écouté ses explications à la limite du vraisemblable. La jeune femme était allée caresser son chat, trop occupé à lécher son pelage pour s'intéresser à elle. « Je vous laisse à vos retrouvailles et je vais me débarbouiller moi aussi ! » lança Gabrielle à sa voisine qui, confuse, revint immédiatement vers elle.

— Bien sûr, fit Anna en lui prenant la main et en la serrant. Merci Gabrielle. J'étais si inquiète.

Troublée par ce contact physique et l'emploi de son prénom, Gabrielle resta d'abord sans voix. Puis, portant son regard sur Monkey, qui s'était approché et la fixait de ses yeux de pierre précieuse, elle finit par dire à Anna : « Vous devriez lui faire prendre une douche », sur le ton de la plaisanterie. La jeune femme acquiesça en souriant, les yeux légèrement larmoyants, avant d'ouvrir la porte et de remercier une nouvelle fois Gabrielle. Celle-ci fit un mouvement de la tête qui signifiait « n'y pensez plus », et se dirigea vers l'escalier.

Monkey avait laissé son odeur. Un mélange de désodorisant pour litière à l'eucalyptus et de pâtée au canard. Ces effluves, dans lesquels elle avait vécu durant trois jours sans vraiment les sentir, s'imposèrent à Gabrielle une fois rentrée, la rendant terriblement cafardeuse. Son appartement ne lui avait jamais paru aussi vide depuis le décès de Sergio. Elle fit diversion en s'agitant en tous sens, ouvrant les fenêtres, ôtant le gravier absorbant de sa baignoire avant de frotter l'émail à la javel, vidant la gamelle puis nettoyant le récipient, passant l'aspirateur en insistant particulièrement sur le canapé et le dessus-de-lit. Elle descendit sa poubelle ensuite et, de retour chez elle, constata avec soulagement que l'empreinte olfactive de Monkey relevait presque du souvenir. Ne restaient du passage du félin qu'un sac de litière à moitié plein, une gamelle et deux boîtes de pâtée que Gabrielle, sans savoir pourquoi, ne se résolut pas à jeter. Elle les rangea au fond d'un des placards de la cuisine, loin de tout regard indiscret.

Une fois ces corvées achevées, elle s'affala sur le canapé, épuisée. Sur le point de s'endormir, elle remonta le fil de cette journée en s'attardant sur ce qui en avait été le couronnement : la restitution de Monkey. Elle revoyait le visage étonné puis ému d'Anna, la main de la jeune femme serrant la sienne… *Merci Gabrielle…* Une nouvelle ère venait de s'ouvrir dans ses relations avec Anna. Cette pensée, et l'expression empreinte de gratitude de la jeune femme accompagnèrent son passage à l'inconscience.

26

Journal d'Anna, le 7 septembre

J'ai apporté un bouquet de fleurs à Gabrielle ce matin. Avec un petit mot de remerciement signé par Sacha et moi. Les fleurs lui ont fait plaisir mais étonnement, elle ne m'a pas invitée à entrer. Elle, d'habitude si prompte à proposer un thé pour prolonger la discussion, a refermé sa porte après un échange assez bref et des nouvelles de Monkey prises à la va-vite. Ça ne devait pas être un bon moment.

Dîner fixé avec Jacques la semaine prochaine. Il sera seul, Cyril est en visite chez sa famille dans le sud de la France. Reste à trouver le restaurant.

Journal d'Anna, le 8 septembre

Gabrielle est passée voir Monk. Elle était beaucoup plus détendue qu'hier. Monk a eu droit à ses sticks préférés. Il s'est laissé caresser, a ronronné… J'en étais presque jalouse, moi qui arrive à peine à l'approcher depuis son retour. J'ai parlé du comportement de Monk à Sacha, mais il s'est tout de suite énervé : il m'a offert ce chat pour me rendre la vie plus agréable, pas pour être un sujet d'inquiétude supplémentaire. Fin de la discussion.

J'ai appelé maman pour lui parler de sa lettre, mais au final je suis uniquement parvenue à lui dire que j'allais lui écrire moi aussi, que ce serait plus simple… Elle n'a pas semblé contrariée. Elle a simplement dit « Comme tu veux », avec une douceur dans la voix qui m'a fait me sentir minable.

Séance chez Declerck ce matin. Mes mensonges contre une nouvelle ordonnance. Seropram en dosage léger (10 mg par jour), et si possible sur une courte période. Il s'agit de venir à bout de mon état anxieux et de m'aider à retrouver un sommeil réparateur. Caché la boîte au même endroit que mon journal. Je ne veux pas que Sacha s'inquiète.

Journal d'Anna, le 15 septembre

Dîner très perturbant avec Jacques hier soir.

Nous l'avons invité chez « Gusto », l'italien de la rue Pernety qui est devenu notre cantine, à Sacha et à moi, depuis que nous l'avons découvert par hasard. Jacques était une nouvelle fois adorable, mais la discussion a pris une tournure qui m'a mise mal à l'aise. Il nous a parlé de la double vie qu'il avait menée durant une grande partie de son existence pour dissimuler son homosexualité à sa famille. De la souffrance de devoir demeurer un inconnu pour ses proches. Le décès de son père il y a dix ans, après celui de sa mère quelques années plus tôt, a mis fin à son silence. « J'étais affreusement triste d'avoir perdu mes parents. Mais devenir orphelin m'a aussi libéré. J'étais fils unique, les autres membres de ma famille m'importaient peu… Pourquoi continuer à me taire ? »

Sacha et moi n'osions pas nous regarder et ça a été encore pire quand Jacques nous a parlé du seul avantage à avoir été « un planqué » : « J'ai développé un sixième sens, je reconnais mes pairs. En matière de cachotteries, je suis un vrai radar. Aucun secret honteux, aucun couple illégitime ne m'échappe. Je les détecte immédiatement. » Il parlait avec légèreté, pourtant un silence des plus pénibles s'est abattu sur notre table une fois qu'il s'est tu. A-t-il perçu notre gêne, notre incapacité à réagir à ses propos ?

Est-ce qu'il sait ?

Sacha pense que non, que Jacques n'aurait pas hésité à lui parler franchement s'il avait suspecté quoi que ce soit.

Il y a une semaine, une telle soirée m'aurait tenue éveillée toute la nuit. Or, je n'ai eu aucune difficulté à m'endormir. Le Seropram doit commencer à faire effet. Je le prends chaque matin, une fois Sacha parti au travail. Un autre « secret honteux ».

27

Gabrielle se considérait comme une femme sans mystère. Son existence s'était déroulée au vu et au su de tous, sur la surface plane d'un quotidien sans double fond. C'était peut-être pour cette raison qu'elle avait tant attiré les dissimulateurs de toutes sortes. Cela avait commencé avec les combines de son voyou de frère. Puis il y avait eu les infidélités de Sergio, les disparitions d'Adrien, les trahisons et les vies adultères des amis, des voisins… Et puis Anna.

Bien sûr, Gabrielle avait menti à la jeune femme. Mais son tour de passe-passe avec Monkey relevait de la nécessité, pas de la fourberie. Elle ne l'avait pas fait de gaieté de cœur. Et son acte lui avait empoisonné la vie plusieurs jours après la restitution de l'animal, la poussant à agir comme une sauvage en laissant Anna et son bouquet de fleurs à la porte de peur qu'un détail, un relent infime mais immédiatement détectable par la maîtresse du félin, ne trahisse le passage de Monkey.

Quelques jours après ces péripéties, Gabrielle reçut un étrange appel d'Adrien via Skype. Il était déjà étonnant que son fils la contacte de lui-même, sans qu'elle ait eu besoin de l'inonder de messages durant des semaines, voire des mois, mais il était rarissime qu'il le fasse sans raison particulière, pour « prendre des nouvelles ». Ce fut d'abord Adrien qui en donna, des premiers préparatifs en vue du grand départ de décembre pour le Cambodge. Il avait commencé à chercher un appartement à Phnom Penh et Caroline prospectait dans les différentes structures hospitalières de la ville. Les filles étaient un peu tristes de quitter leur école mais dans l'ensemble ils étaient tous excités à l'idée de changer d'horizon. Gabrielle se réjouit pour eux, même si une pointe d'aigreur remonta de son estomac jusqu'à sa gorge en imaginant l'effervescence de cette vie que son fils s'obstinait à vouloir mener si loin d'elle.

— Et toi, comment vas-tu ? finit-il par la questionner d'un ton trop détaché pour être réellement indifférent.

« Plutôt bien », répondit Gabrielle, même si elle avait pris la décision d'arrêter ses cours d'informatique. Quand Adrien voulut savoir pourquoi, elle ne révéla rien de l'invitation au restaurant que Max ne lui avait pas envoyée, et ce même après lui avoir dit qu'il le ferait.

— J'en ai suffisamment appris, se contenta-t-elle de répondre. Je peux t'appeler et surfer sur Internet, je n'ai pas besoin de plus.

Adrien hocha la tête comme s'il approuvait la décision de sa mère. Puis, de la même manière que lors de leurs précédentes conversations, il demanda comment se portait

Anna. Agacée par l'intérêt persistant de son fils pour la jeune femme, Gabrielle lui répondit sèchement :

— Elle va bien.

Adrien se renfrogna et Gabrielle, repentante, se dépêcha de reprendre la parole sur le ton adouci de la taquinerie.

— Je vais finir par te donner son numéro, ce sera plus pratique pour avoir de ses nouvelles.

— Vous aviez l'air en froid. Je me demandais si ça s'était arrangé, se justifia Adrien avec sa mine de gamin pris en faute.

Gabrielle rectifia : Anna et elle n'avaient jamais été en froid, sa voisine était simplement partie en vacances et avait été très occupée à son retour.

— Mais nous nous sommes beaucoup vues dernièrement, continua-t-elle. Je l'ai aidée à retrouver son chat qui s'était perdu dans les caves de l'immeuble.

Adrien parut ennuyé. Sa mère lui demanda ce qui le tracassait. Il ne répondit d'abord pas, mais Gabrielle insista. Il prit alors un temps de réflexion avant de se lancer :

— Tu m'avais dit que le mari d'Anna était un rustre et que tu t'inquiétais pour elle. Est-ce que tu… l'aides, aussi, avec ça ?

Surprise, Gabrielle resta sans voix et Adrien, plus assuré, poursuivit.

— Je sais que tu ne penses jamais à mal. Mais tu peux être intrusive. Et finalement, ce n'est bon ni pour les autres ni pour toi.

Son fils lui faisait la leçon. Gabrielle, atterrée, n'en revenait pas. Mais de qui et de quoi s'agissait-il ? Faire preuve d'humanité et de compassion, c'était ça, être intrusif? L'avait-elle été avec lui ? Qui étaient ces « autres » qui paraissaient si nombreux ?

— J'ignore de quoi tu parles, se défendit-elle vivement.

— Ça ne m'étonne pas, répliqua aussitôt Adrien.

Il chercha ses mots ensuite, avant de reprendre :

— Tu seras déçue, comme toujours, et…

Sa phrase demeura en suspens.

— Et quoi ? persista Gabrielle.

— Rien.

Ils en restèrent là. À ce « rien », ce grand trou d'oubli dans lequel, l'espace d'un instant, Gabrielle se sentit tomber. Reprenant ses esprits, elle entendit Adrien prétexter d'autres coups de fil à passer pour pouvoir raccrocher et elle le laissa partir, une nouvelle fois.

28

Journal d'Anna, le 22 septembre

Je n'aurais jamais pensé que Gabrielle serait la première personne que je mettrais au courant de la proposition de François. C'est pourtant ce que j'ai fait, après mon rendez-vous avec lui, lorsque j'ai rejoint la voisine au « Septième Art », cette brasserie de la rue Raymond-Losserand dont elle connaît le patron. Elle était déjà attablée quand je suis arrivée. Aucune commande devant elle, elle m'attendait. En la voyant, je me suis demandé ce que je faisais là, avec cette femme si particulière, si enjouée et heureuse de me voir alors qu'elle me connaît à peine. Et puis j'ai pensé à Monk, et je me suis dit que j'avais eu raison d'accepter de boire un coup avec elle. Que c'était la moindre des choses (et pas grand-chose) de lui tenir compagnie de temps en temps. Même si cela ne réjouit pas Sacha.

J'étais dans un drôle d'état en entrant dans le café, à mi-chemin entre l'euphorie et la peur. Gabrielle s'en est tout de suite rendu compte et m'a demandé ce qui se passait.

Alors je lui ai raconté. Ma discussion avec François, l'emploi de secrétaire d'édition qui se libère dans la maison, François qui aimerait que je postule, qui m'appuiera si je me décide… Gabrielle était très heureuse pour moi : « C'est une bonne nouvelle, non ? Alors pourquoi cet air de panique ? » C'est bien le mot, panique. L'idée d'intégrer une structure (avec des responsabilités) après tout ce temps me terrifie. Est-ce que j'en suis encore capable ? Gabrielle a répondu à mon interrogation d'un haussement d'épaules : « Bien sûr que vous en êtes capable. D'ailleurs l'éditeur avec qui vous travaillez déjà n'a aucun doute, et on peut penser qu'il s'y connaît. » Si seulement c'était aussi simple ! Je ne peux pas parler à Gabrielle de mon appréhension à l'idée d'avoir des collègues à qui il faudra mentir, avec qui je devrai esquiver, éviter les discussions trop personnelles pendant les pauses ou les déjeuners. Sans parler des effets secondaires du Seropram, ce besoin irrépressible de dormir qui me prend certains après-midi. Mais peut-être que je serai passée à un dosage plus faible d'ici début novembre.

Sacha m'a appelée alors que j'étais encore avec Gabrielle. Je lui avais laissé un message en sortant du bureau de François. Je lui ai dit de quoi il s'agissait en quelques mots, il n'a fait aucun commentaire et m'a dit que nous en parlerions ce soir.

Nous sommes « ce soir ». Je l'attends.

Journal d'Anna, le 23 septembre

Ce matin, la discussion est revenue naturellement sur le travail que me propose François. Sacha pense que c'est vraiment une occasion que je dois saisir. Pour lui aussi, mes craintes ne sont pas fondées. Du temps a passé depuis ma dépression. Travailler dans une maison d'édition, ce n'est pas se retrouver devant une classe de trente élèves. Je saurai gérer. Tout comme les questions des collègues. J'aime les livres, les mots, j'ai à chaque fois des idées pour améliorer les manuscrits que je lis, même si je ne les ai encore jamais mises en pratique… Et puis sortir de cet appartement me fera du bien, tout comme avoir d'autres interlocuteurs que le chat ou Madame Lamperti…

Je sais aussi qu'un salaire supplémentaire nous permettra peut-être de déménager pour plus grand, dans un immeuble sans voisine fouineuse, même si ça ne me gêne plus vraiment qu'elle en sache autant sur nous. Ça m'a fait du bien de me confier à elle hier. Et je crois qu'elle aussi avait besoin de parler. Elle n'a pas eu une vie facile avec son mari…

Lorsque Sacha a quitté l'appartement pour partir à l'atelier, j'étais presque convaincue. Mais là, je ne sais pas. Je dois appeler François aujourd'hui pour lui donner ma réponse. Je ne sais vraiment pas.

29

Quelle bonne idée elle avait eue d'appeler Anna, ce premier jour d'automne, pour lui proposer un café ! Non seulement la jeune femme avait accepté, mais pour la première fois depuis qu'elle la connaissait, Gabrielle avait eu avec elle un véritable échange, un authentique moment de complicité.

Anna était arrivée avec vingt minutes de retard. Gabrielle commençait à se dire qu'elle ne viendrait pas, lorsqu'elle l'avait vue entrer dans la brasserie avec sa tête des mauvais jours. Une pâleur excessive, le regard fuyant, et ce V inversé qui se formait entre ses sourcils dès que quelque chose la contrariait. Gabrielle lui avait laissé le temps de s'installer, de choisir ce qu'elle souhaitait boire, puis elle lui avait demandé quel était le problème. Contre toute attente, Anna s'était immédiatement confiée à elle, paraissant même soulagée de pouvoir le faire. Son débit précipité trahissait son angoisse. Il n'y avait pourtant pas lieu de s'alarmer. Une proposition d'embauche, c'était pour la plupart des gens une bonne nouvelle. Mais Anna n'était pas la plupart des gens, et cette opportunité qui s'offrait à elle semblait la mettre à la torture. Gabrielle avait tenté de la rassurer et, dans un premier temps, cela avait semblé marcher. La jeune femme avait repris quelques couleurs en expliquant à Gabrielle en quoi consistait exactement le travail d'un secrétaire d'édition : lire les textes, proposer des améliorations, faire le lien entre l'auteur et l'éditeur, bref, être présent à chaque étape de la chaîne de fabrication amenant un manuscrit à devenir un livre. Dans le cadre de ce que lui proposait François, il s'agissait de l'assister dans la réalisation d'une nouvelle collection de romans s'inspirant de l'Histoire. Ou plutôt, des à-côtés de l'Histoire. Les victimes collatérales des guerres, les personnalités déterminantes mais restées dans l'ombre, les retombées méconnues des grands conflits… Gabrielle avait laissé sa voisine aller au bout de ses explications puis, après un court silence, elle avait pris un air faussement étonné : « Et qu'est-ce que vous pensez ne pas savoir faire là-dedans ? » Anna avait souri.

Et puis Sacha Malkine avait appelé. Anna s'était empressée de décrocher, faisant à son époux un bref résumé de sa discussion avec l'éditeur puis se taisant, hochant la tête, visiblement déçue et terminant par un « OK, à tout à l'heure » prononcé avec une voix de petite fille.

— Tout va bien ? avait demandé Gabrielle, inquiète de voir le visage d'Anna se rembrunir à nouveau.

— Oui… Il était chez un client. On en parlera ce soir.

Anna, les yeux égarés au fin fond de son thé vert, avait perdu le peu d'allant qui l'avait animée avant le coup de fil de son mari. Ce grand rustre de Malkine était-il comme Sergio, réfractaire à l'idée qu'une femme gagne son argent et son indépendance ? Allait-il convaincre Anna de ne pas envoyer sa candidature ? Ou pire, allait-il le lui interdire ? Gabrielle avait ressenti l'urgence de partager son expérience personnelle avec la jeune femme.

— Vous savez, avait-elle commencé. Je crois que je n'ai jamais été aussi heureuse que lorsque je travaillais dans le bistrot de mes parents. Ce n'était pas pour l'argent de poche qu'ils me donnaient en échange, non, c'était autre chose... Un sentiment d'accomplissement. J'étais moyennement douée à l'école, je suis allée jusqu'au certificat d'études et je suis partie. Cela n'avait aucun intérêt pour moi. Quand j'ai commencé à aider mes parents au café, j'ai eu le sentiment d'avoir trouvé ma place. En servant les clients, je servais enfin à quelque chose, vous comprenez ?

Gabrielle avait toute l'attention d'Anna, qui acquiesça sans la quitter du regard.

— J'ai regretté toute ma vie d'avoir arrêté une fois mariée, pour faire plaisir à Sergio.

— Pourquoi a-t-il voulu que vous arrêtiez de travailler ?

Gabrielle avait réfléchi un instant avant de répondre. Sergio, qui ne s'était jamais affranchi de l'emprise maternelle, avait hérité des idées fixes de Rosa. La femme s'occupait du foyer et l'homme rapportait l'argent. Peu importait à ses yeux, ou plutôt aux yeux de sa mère, que Mai 68 soit passé par là. De plus, il ne s'était jamais très bien entendu avec ses beaux-parents, qui selon lui exploitaient leur fille. Gabrielle ne comptait pas ses heures et qu'avait-elle en échange ? Un salaire que n'importe qui d'autre aurait refusé tant il était ridicule. Elle aurait mieux gagné sa vie en faisant la manche devant la gare Montparnasse ! Son combinard de frère ne s'était pas laissé piéger, lui… L'air dédaigneux de Sergio, tandis qu'il prononçait ces paroles, était revenu à l'esprit de Gabrielle alors qu'elle expliquait tout cela à Anna. Elle s'était empressée de chasser cette image de son esprit pour ajouter :

— Il y avait une autre raison pour laquelle il m'avait demandé de rendre mon tablier. Sa jalousie. Il était impossible pour lui de me voir, ou même de m'imaginer, parler aux hommes qui fréquentaient le café, plaisanter avec eux… Au début de nos fiançailles, il avait failli en venir aux mains avec un client qui m'avait complimentée sur mes yeux.

Gabrielle avait été jolie. À ce moment précis de leur conversation, elle sut qu'Anna la taiseuse tentait de composer un portrait d'elle à vingt ans, avec sa taille fine et son regard alors plus bleu que gris. Elle mit fin aux efforts de sa jeune voisine en levant sa tasse de thé comme pour trinquer :

— À votre futur emploi ?

Anna avait levé sa tasse à son tour, un sourire indécis aux lèvres.

Le sourire de l'infirmière de Monsieur Domange était, lui, bien franc et n'avait rien de timoré. Elle était presque hilare lorsqu'elle croisa Gabrielle et Anna dans la cour de l'immeuble, qu'elle quittait après l'une de ses « visites » à l'octogénaire. Son regard soutint sans ciller celui de

Gabrielle. Cette dernière n'avait rien révélé à Anna de ce qu'elle savait, estimant que la jeune femme avait bien d'autres soucis en tête. Elles prirent l'ascenseur ensemble et descendirent toutes deux au troisième, se disant au revoir devant la porte de Gabrielle.

— Et Monkey, comment va Monkey ? demanda-t-elle avant qu'Anna ne remonte à son étage.

— Je ne sais pas. Ce chat est une énigme. Il accepte qu'on le nourrisse, mais c'est à peu près tout.

Anna hésita avant de poursuivre.

— Montez prendre le thé la semaine prochaine... Il n'y a qu'avec vous que le fauve se montre aimable.

Elles convinrent de s'appeler d'ici quelques jours puis Anna se sauva, comme à son habitude.

Gabrielle resta très attentive aux sons qui lui parvinrent du quatrième cette nuit-là. Elle veilla jusqu'à tard sur son canapé, s'attendant à une dispute concernant le (peut-être) futur emploi d'Anna, prête même à intervenir à la moindre suspicion de violence autre que verbale. Mais il n'y eut rien. Un long silence entrecoupé de quelques craquements de parquet. Tombant de sommeil, elle finit donc par aller se coucher, soulagée pour sa jeune amie, mais aussi un peu frustrée.

30

Journal d'Anna, le 26 septembre

Passée devant un cinéma d'art et d'essai en sortant de mon rendez-vous avec Declerck cet après-midi. À l'affiche, un cycle Garbo qui commence avec *Anna Karénine*. J'y ai vu un signe et j'ai commencé une lettre pour maman en rentrant. Quelques lignes et je me suis arrêtée. Je n'ai rien à lui répondre, comme je n'ai rien à dire, ou si peu, à Declerck. Je suis condamnée au silence. Ou au mensonge.

Attendre la réponse de François me met dans tous mes états. Je suis stressée à l'idée d'avoir le job, mais je serai terriblement malheureuse si je ne l'obtiens pas.

Journal d'Anna, le 27 septembre

Encore de grosses fatigues les après-midi, à cause du Seropram. Mais beaucoup moins d'angoisses. Je n'ai plus ce poids sur la poitrine, cette sensation de manquer d'air qui me réveillait la nuit.

Declerck m'a conseillé de prendre mon cachet plutôt le soir, pour être en meilleure forme la journée. Mais je ne veux pas être assommée lorsque Sacha revient de l'atelier. Je l'ai suffisamment négligé dernièrement, à cause de Monkey et de tout le reste. Il ne doit surtout pas douter de ce que je ressens pour lui. De mon envie de lui. De ma certitude d'être là où je dois être, en dépit des difficultés que cela engendre. Et ce, malgré ce sentiment de honte dont je ne parviens pas à me défaire.

Il n'y a pas d'issue. Nos corps sont faits l'un pour l'autre, tout comme nos âmes. Depuis toujours.

Journal d'Anna, le 29 septembre

Rêvé que je perdais mes deux canines cette nuit. Elles étaient dans ma main, minuscules, et je les montrais à mon père. Il a haussé les épaules en signe d'impuissance ou d'indifférence : « Il fallait bien que ça arrive un jour. »

J'ai immédiatement passé ma langue sur mes dents en me réveillant ce matin. Mes maigres défenses étaient encore là. Je suis allée les observer dans la glace de la salle de bains. Des crocs de bébé. Ridiculement petits à côté de mes prémolaires. J'ai souri de toutes mes dents et il n'y avait rien de séduisant dans ce sourire sans joie. Juste un aveu de faiblesse.

31

Gabrielle ne pouvait plus se taire. Pas après le vacarme qu'elle avait entendu chez les Malkine la veille au soir. Des cris, des supplications, des chocs répétés, des sanglots… Elle y avait réfléchi une bonne partie de la nuit et s'était décidée en se levant le matin : elle aurait une discussion sérieuse avec Anna lorsqu'elle irait rendre visite à Monkey en début d'après-midi. LA discussion. Elle devait en avoir le cœur net si elle voulait aider la jeune femme : Sacha Malkine était-il un homme physiquement violent avec son épouse ?

Bien sûr, il faudrait amener Anna à répondre à cette question sans la brusquer, avec finesse. Ne surtout pas mettre en péril la confiance toute récente et encore fragile que lui témoignait sa voisine. Gabrielle savait, pour avoir vu quelques reportages sur le sujet, combien il était difficile de se livrer sur les violences que l'on subissait au sein de son couple, qu'elles soient physiques ou psychologiques. Il fallait dépasser la peur, la honte, et même la culpabilité. C'était ce qu'elle voulait éviter à sa voisine : ce silence qui vous enfermait et laissait libre cours à votre bourreau. Parler, c'était commencer à se libérer de son emprise. Il fallait qu'Anna lui parle, qu'elle se confie. Qu'elle comprenne qu'elle n'était pas seule. Ensemble, elles trouveraient une solution pour mettre fin à cette barbarie qui était une nouvelle fois parvenue à Gabrielle depuis son plafond.

Avant de partir, elle se munit de quelques friandises pour le chat et d'un clafoutis aux mirabelles confectionné dans la matinée. En montant l'escalier, elle se surprit à prier pour que la discussion avec Anna se déroule sinon bien, en tout cas pas trop mal. Elle prit ainsi conscience de son stress, elle qui, en accord avec son père qui goûtait fort peu l'opium du peuple mais au grand dam de Sergio et de sa mère qui y étaient accros, ne s'était jamais encombrée d'aucune religion.

Anna fit attendre sa voisine un long moment derrière la porte. Quand elle ouvrit enfin, elle était essoufflée et affichait un sourire d'apparat qui ne leurra pas Gabrielle : la tristesse dans son regard était abyssale. Elle portait le genre de tenue dans laquelle Gabrielle l'avait souvent vue : un jean un peu trop grand et un tee-shirt blanc à manches longues. Contrairement à la fois précédente, l'appartement était bien rangé. Monkey vint tout de suite se frotter à ses jambes et Gabrielle demanda à sa maîtresse la permission de lui donner une des friandises qu'elle avait apportées. « Bien sûr », répondit Anna en allant poser le clafoutis sur le comptoir de la cuisine. Gabrielle remarqua que le cahier à la couverture en cuir qu'elle avait déjà vu traîner dans le salon s'y trouvait également, ainsi qu'une boîte de médicaments… Elle porta ensuite son attention sur le chat, lui donnant son stick au poulet par petits bouts qu'elle tenait entre ses doigts. « Si seulement tu pouvais me raconter ce qui se passe ici », songea-t-elle en caressant l'animal pendant qu'il mangeait.

— Vous nous gâtez trop Gabrielle, lança Anna depuis la cuisine où elle préparait du thé.

Gabrielle objecta que ce n'était « vraiment pas grand-chose » et alla s'asseoir sur le canapé où le chat la suivit, se couchant en boule contre elle. Gabrielle en ressentit un réconfort qui l'encouragea à entamer véritablement la conversation avec Anna.

— Rien de neuf concernant votre candidature ?

— Non, répondit Anna. Mais ça ne devrait plus tarder.

La jeune femme vint poser son grand plateau, sur lequel se trouvaient théière, sucre et mugs, sur la table basse.

— Quel est votre secret ? Sacha et moi avons juste le droit de le nourrir, et encore…, fit-elle en désignant Monkey du regard.

Gabrielle gratta la tête du félin qui ouvrit à peine un œil et le referma aussitôt.

— Les animaux sont comme les humains, ils ont leurs lubies, leurs têtes… Pour l'instant c'est la mienne qui lui revient. Ça lui passera.

L'air dubitatif, Anna dit « Je ne sais pas » avant de retourner dans la cuisine pour découper des parts de clafoutis et les déposer sur deux petites assiettes. Elle en donna une à

Gabrielle en revenant dans le salon et s'assit à son tour à l'autre bout du canapé.

Alors que Gabrielle se penchait pour servir le thé tout en s'apprêtant à demander comment allait Sacha, elle fut prise de vitesse par Anna qui voulut savoir si elle avait eu des nouvelles d'Adrien. Gabrielle ne put s'empêcher de sourire et répondit qu'elle avait parlé à son fils une semaine plus tôt, et qu'il s'apprêtait à déménager au Cambodge avec sa famille.

— Je ne suis pas près de le voir avant un bon moment, conclut Gabrielle d'un ton fataliste en tendant un mug rempli de thé à Anna.

La jeune femme souffla sur le liquide brûlant, l'air songeur, puis demanda :

— Vous ferez peut-être le voyage ? Ça doit être un bel endroit…

— Je ne crois pas, affirma Gabrielle. Je n'ai pas l'âme voyageuse et ma belle-fille est une pimbêche.

Anna sourit à son tour, et Gabrielle en profita :

— Et comment va Sacha ? Vous ne m'avez pas dit ce qu'il pensait du travail qu'on vous propose…

Anna redevint grave pour répondre que Sacha en pensait le plus grand bien, et qu'il l'avait encouragée à envoyer sa candidature. Gabrielle observa la jeune femme pendant qu'elle parlait, ses yeux qui évitaient soigneusement les siens, ses ongles qui grattaient nerveusement la porcelaine du mug et, sur son poignet droit, là où la manche de son tee-shirt était légèrement remontée, un bleu qui provoqua une poussée d'adrénaline chez la sexagénaire. Elle posa bruyamment son mug sur la table, ce qui réveilla Monkey en sursaut.

— Écoutez, commença-t-elle en s'efforçant de garder son calme, à propos de Sacha, il y a une question qu'il faut que je vous pose.

Anna la fixait d'un air inquiet et Gabrielle poursuivit laborieusement, cherchant à ménager la jeune femme le plus possible :

— Les murs ne sont pas bien épais dans ce vieil immeuble. Sans le vouloir, j'ai entendu votre dispute hier soir… En fait, il m'a semblé que c'était davantage qu'une simple dispute. Et ce n'était pas la première fois que je vous entendais…

À cet instant précis, Anna n'avait jamais paru aussi blafarde ni aussi angoissée à Gabrielle. Cette dernière prit peur. Sa voisine allait-elle se trouver mal, s'évanouir ? Tout cela avait suffisamment traîné en longueur, il fallait en finir.

— Est-ce que Sacha est violent avec vous ? Je veux dire physiquement violent… Est-ce qu'il vous bat ?

Anna ne parut pas comprendre immédiatement ce que venait de lui demander Gabrielle. Elle resta un moment interdite, puis au grand étonnement de Gabrielle, un sourire vague apparut sur ses lèvres. Le genre de sourire qu'arboraient ceux qui revenaient à la vie, et qui savouraient leur chance tout en n'y croyant pas complètement. Sergio avait eu le même en se réveillant de sa première attaque.

— C'est ce que vous pensez ? questionna Anna, incrédule.

Puis, sans laisser à Gabrielle la possibilité de répondre et d'une voix douce qui ne laissait transparaître aucune contrariété, elle affirma que Sacha n'avait jamais levé la main sur elle. Il pouvait être coléreux et s'emportait facilement, mais il ne lui ferait jamais une chose pareille. Ils avaient des problèmes, comme tous les couples, et s'efforçaient de les régler. La violence n'en faisait pas partie.

— Je suis désolée si on vous a dérangée, conclut-elle tout aussi calmement.

— Vous ne m'avez pas dérangée, s'empressa de rectifier Gabrielle. C'est juste que je m'inquiétais pour vous. Je devais vous en parler, vous comprenez ?

Anna comprenait. C'est en tout cas ce qu'elle dit à sa voisine, ajoutant même qu'elle aurait certainement fait la même chose à sa place. Des paroles et une attitude tout en pondération qui auraient dû rassurer Gabrielle, mais qui ne firent qu'accentuer sa suspicion. La question qu'elle avait posée à Anna aurait dû mettre la jeune femme, d'habitude si émotive, dans tous ses états ; or, elle n'avait jamais paru aussi sereine. Gabrielle aurait largement préféré les hauts cris, les dénégations et la mine offensée. L'épuisement nerveux en résultant aurait directement amené la fragile Anna à l'effondrement et à la confession. Mais là, face à cette statue de Bouddha, Gabrielle ne savait plus quoi faire. Lui demander d'où venait le bleu sur son poignet ? La mettre au défi de remonter ses manches ? La jeune femme lui mentirait sans doute avec le plus grand calme, et elle serait même en droit de la mettre très dignement à la porte. Déstabilisée par cette « nouvelle Anna », Gabrielle se contenta de battre en retraite.

— Je suis heureuse de m'être trompée, dit-elle en souriant. Je repartirai de chez vous plus légère que je n'y suis arrivée, et ce malgré mon clafoutis.

Elle prit l'assiette posée à côté d'elle sur le canapé et incita Anna à l'imiter : « Après ces émotions, une petite douceur nous fera le plus grand bien. » Anna se saisit à son tour de son assiette et hésita avant de planter sa cuillère dans le gâteau. Gabrielle, qui en était déjà à sa deuxième bouchée, remarqua que la main de la jeune femme tremblait légèrement.

— Vous pouvez y aller franchement, l'encouragea-t-elle. J'ai retiré tous les noyaux. Et je ne l'ai pas trop sucré, j'ai pensé à vous.

Anna la remercia et porta à sa bouche une première cuillerée qu'elle dégusta d'abord en silence avant de féliciter Gabrielle.

— C'est très bon. Moi je suis très mauvaise cuisinière, et c'est encore pire pour les pâtisseries. Je suis capable de rater un gâteau au yaourt.

— Je n'étais pas très douée au départ, moi non plus, assura la sexagénaire. Mais mon mari me rebattait les oreilles avec la cuisine de sa mère. Alors je m'y suis mise sérieusement, en reproduisant des recettes trouvées dans des livres. Je m'entraînais les après-midi, quand Sergio n'était pas là, en insistant sur la cuisine italienne… J'ai fini par devenir assez douée. Ça me manque, de ne plus préparer de petits plats. Mais pour moi toute seule, quel intérêt ?

Gabrielle hésita avant de poursuivre : « Je vous inviterai à déjeuner chez moi un de ces jours, si ça vous dit. Ou pourquoi pas à dîner, avec Sacha… » Anna répéta « Pourquoi pas », en écho à Gabrielle, les yeux baissés sur son assiette. Soudain, un léger craquement se fit entendre et le visage de la jeune femme se crispa dans une affreuse grimace. Portant une main à sa bouche, elle y recracha ce qu'il restait du morceau de clafoutis qu'elle était en train de mâcher et se leva d'un bond pour s'éloigner en courant de Gabrielle. Celle-ci se leva à son tour, demanda à Anna ce qui se passait, et n'eut pour réponse que le bruit du verrou lui interdisant l'entrée de la salle de bains. Gabrielle resta un instant debout au milieu du salon, hébétée et ne sachant quoi faire, puis elle s'approcha de la porte de la salle de bains qui ne laissa filtrer aucun son identifiable. « Anna ? » essaya-t-elle avec inquiétude. Cela prit quelques secondes avant que sa jeune voisine, d'une voix agacée, lui réponde qu'elle arrivait « dans deux minutes ». Gabrielle n'insista pas et, au lieu de retourner s'asseoir, se dirigea vers le comptoir de la cuisine. Son regard s'attarda sur la boîte de médicaments dont le nom, Seropram, ne lui disait rien, pas plus que le charabia médical qui l'accompagnait. À côté se trouvait le carnet dont le lacet censé l'entourer était défait. Gabrielle l'ouvrit au hasard, attentive au moindre bruit en provenance de la salle de bains, et la page sur laquelle elle tomba portait une pliure verticale en son centre. Son regard se posa sur une phrase, qui était en fait une question : *Pourquoi n'avons-nous pas des cœurs ordinaires ?* En feuilletant rapidement plusieurs pages sur lesquelles des dates se succédaient, elle comprit qu'il s'agissait d'un journal intime. Allant directement à la dernière page dans l'espoir d'y trouver le récit de la dispute des Malkine, elle eut à peine le temps de lire la date du jour, le 30 septembre, quand elle fut stoppée net dans ses investigations par la sonnerie du téléphone fixe. S'attendant à voir Anna sortir de la salle de bains, elle referma promptement le cahier et s'éloigna du comptoir. Elle retourna dans le salon et regarda le téléphone trônant sur son socle, au milieu de la table basse. La mélodie qui s'en échappait, devenue complainte lancinante, n'avait toujours pas délogé Anna de son antre. Gabrielle se pencha et lut « Grenoble » sur l'écran. Puis le silence se fit, et Gabrielle attendit un message qui ne vint pas. La personne qui cherchait à joindre Anna, certainement sa mère ou son père, s'était contentée de raccrocher. S'emparant du combiné, Gabrielle se rendit compte qu'il ressemblait beaucoup au sien, ce qui était une aubaine. Elle appuya sur la touche « Menu » et fit défiler les options qui s'offraient à elle. Des signes d'agitation, le bruit de la chasse d'eau et d'un placard qu'on refermait, la firent s'arrêter un instant, puis elle reprit ses recherches qui la menèrent au répertoire du téléphone. Accéder au numéro de « Grenoble » s'avéra plus ardu qu'elle ne le pensait et elle dut en grande partie au hasard le fait d'y parvenir. L'esprit agité, à l'affût du retour d'Anna, elle s'efforça de mémoriser les nombres, les répétant intérieurement jusqu'à ce que le bruit du verrou derrière elle la fasse sursauter et reposer précipitamment le téléphone sur son socle. Se retrouvant face à sa voisine, elle lui dit immédiatement, dans une sorte de réflexe : « Quelqu'un a essayé de vous joindre sans laisser de message. »

Puis, voyant la mine défaite et les yeux rougis d'Anna, elle lui demanda ce qui lui était arrivé.

— Rien... C'est ridicule..., commença la jeune femme, embarrassée. Un bout de dent qui est parti.

— À cause de mon clafoutis ?

Anna expliqua à Gabrielle qu'il y avait un noyau dans sa dernière bouchée et qu'une de ses dents s'était cassée à son contact. La douleur était telle qu'elle avait cru que sa dent allait tomber.

— Mais ça va, continua-t-elle. Je n'ai plus mal et ma dent est toujours là.

Gabrielle s'excusa platement : « Je suis désolée, je pensais vraiment avoir retiré tous les noyaux. » Anna ne fit aucun commentaire mais lui adressa un sourire timide et retourna s'asseoir. Gabrielle l'imita et un long silence s'installa entre les deux femmes. Tout ce qu'elles s'étaient dit et avaient vécu d'embarrassant durant l'heure qu'elles venaient de passer ensemble semblait flotter autour d'elles, emplissant l'espace et rendant soudain leur tête-à-tête insoutenable. Dans l'esprit de Gabrielle, il y avait aussi des chiffres qui flottaient... N'y tenant plus, elle demanda à Anna si elle comptait aller voir un dentiste.

— Je ne crois pas.

— Vous devriez, on ne sait jamais... Je rembourserai les frais, bien sûr.

Anna assura Gabrielle qu'elle n'aurait certainement pas besoin d'aller consulter. Les dégâts causés par le noyau se voyaient à peine à l'œil nu. *Alors pourquoi être restée aussi longtemps dans la salle de bains ? Et pourquoi cet air si boule-*

versé une fois dehors ? Gabrielle mourait d'envie de lui poser ces questions mais elle s'abstint. Au lieu de ça, elle jeta un coup d'œil à sa montre et annonça à sa voisine qu'il était temps qu'elle parte :

— J'ai assez fait de dégâts pour aujourd'hui !

Sur le palier, Gabrielle insista pour qu'Anna la tienne au courant de l'état de sa dent. Elle l'invita également à venir déjeuner chez elle la semaine suivante. Puis elle descendit l'escalier jusqu'à son étage le plus rapidement possible. Une fois dans son appartement, elle se mit en quête d'un papier et d'un stylo. Ouvrant l'un des tiroirs de la console dans l'entrée, elle tomba sur un vieux répertoire téléphonique dont elle avait oublié l'existence. Elle le prit et, à la lettre G, écrivit ce qu'elle avait retenu du numéro de téléphone des parents d'Anna : il lui manquait le dernier chiffre et elle n'était pas sûre du reste. Puis elle remit le carnet à sa place et pensa au journal d'Anna. Elle aurait certainement dû s'attarder sur ses pages, plutôt que de s'intéresser à un numéro de téléphone dont elle ne pourrait peut-être rien faire. Elle chassa immédiatement ces regrets inutiles de son esprit et s'installa sur le canapé avec son ordinateur. La recherche qu'elle fit sur le Seropram confirma ce qu'elle avait ressenti face à Anna si changeante, passant du flegme à la panique (pour une dent à peine cassée !). La jeune femme n'allait pas bien, peut-être même était-elle à nouveau dépressive… Même s'il ne s'était pas montré violent avec son épouse, ce dont Gabrielle doutait fort, Sacha Malkine était responsable de son état. Il avait choisi cette femme vulnérable et avait fait semblant de la sauver, alors qu'il s'était contenté de la maintenir dans un état permanent de peur et d'insécurité.

Un sentiment d'urgence gagna Gabrielle. Il fallait qu'elle se décide à agir, mais elle n'était pas encore sûre de savoir comment. Depuis le canapé, elle observa la porte de sa chambre, légèrement entrebâillée, et s'attendit à voir Monkey passer sa tête dans l'embrasure. Elle ne lui avait plus prêté attention après l'épisode de la dent et ne lui avait même pas fait une caresse avant de partir. Elle se sentait reliée à ce « petit singe » bien plus qu'avec n'importe quel être humain de sa connaissance. Peut-être devait-elle prendre un chat… Sergio n'avait jamais voulu d'animal, et ce en dépit des demandes répétées d'Adrien. Gabrielle se dit que son fils serait étonné de la voir avec un chat. L'idée lui plaisait.

32

Journal d'Anna, le 30 septembre

Sacha et moi dans un sale état ce matin.
Soirée épouvantable.

Sacha est rentré plus tôt que d'habitude hier. Il était déjà là quand je suis revenue de mon rendez-vous chez Declerck. Assis dans le salon, l'air sinistre. Devant lui sur la table basse, mon journal et la boîte de Seropram. Il ne m'a d'abord rien dit, il ne me regardait pas. Je me suis assise en face de lui. Et puis il a fini par lever les yeux sur moi : « Je n'ai pas lu ton journal. » J'ai ressenti un soulagement, même si je savais que ce n'était pas mon journal qui posait problème. Il m'a raconté qu'il avait voulu clouer la latte du plancher qui se soulève, dans son atelier. Celle qui se trouve près de la fenêtre. Celle qui abritait mes secrets. Cette latte a toujours été défectueuse et Sacha repoussait sans cesse le moment de s'en occuper. Je pensais qu'il ne la réparerait jamais, qu'il avait fini par l'oublier. C'est Monk qui lui a rafraîchi la mémoire. Il était couché dessus quand Sacha est entré dans la pièce, et il est parti d'un bond dans le salon, faisant bouger la planche qui a émis son cliquetis habituel.

« Pourquoi tu ne m'as pas dit que tu reprenais des antidépresseurs ? C'est Declerck qui te les a prescrits ? Depuis quand ? » Il était sévère mais calme. J'ai répondu à ses questions, en lui expliquant que je n'avais pas voulu l'inquiéter, que je ne voulais pas qu'il se sente coupable de quoi que ce soit… Il a commencé à élever la voix. Bien sûr qu'il était coupable, puisqu'il ne parvenait pas à me rendre heureuse, puisque c'était lui qui était venu me chercher, me sauvant d'un enfer pour me jeter dans un autre… D'un revers de la main, il a balancé la boîte de Seropram et mon journal par terre. Il s'est levé, faisant les cent pas dans le salon comme un animal en cage. J'ai tenté de l'apaiser, je lui ai pris la main… Il s'est dégagé brutalement et a lancé son poing contre le mur. Ses phalanges étaient en sang. Il a crié : « Pourquoi tu m'as menti ? On ne peut pas se mentir toi et moi, tu comprends ? On est seuls… » Il a répété « On est seuls » plusieurs fois, jusqu'à ce que sa voix s'étrangle et que des sanglots l'obligent à se taire, le corps tout entier agité de violents soubresauts. Je ne me souvenais pas de l'avoir déjà vu pleurer. En tout cas pas de cette façon. De mon côté, j'étais bouleversée mais mes yeux sont demeurés secs. Un effet des antidépresseurs, j'imagine… Je l'ai pris dans mes bras et nous sommes restés un long moment l'un contre l'autre. Il a fini par se calmer. Je l'ai emmené dans la salle de bains et j'ai soigné sa main comme j'ai pu, avec de l'arnica et une bande stérile.

Nous sommes allés dans la chambre ensuite, je l'ai bordé comme un petit garçon. Il était épuisé et s'est endormi presque aussitôt. Pendant la nuit, il m'a réveillée. Nous avons fait l'amour avec une intensité et une tristesse qui nous ont laissés agrippés l'un à l'autre jusqu'à l'aube, comme les enfants perdus que nous sommes et ne cesserons jamais d'être.

Sa main était très enflée ce matin. Il pouvait à peine bouger ses doigts. Je ne sais pas comment il va pouvoir travailler. Je lui ai dit d'aller voir un médecin, ou au moins de passer dans une pharmacie. J'espère qu'il le fera.

De mon côté, je continue de prendre mes antidépresseurs. Sacha ne m'en a pas reparlé mais, quoi qu'il en pense, je n'ai pas le choix. J'ai le sentiment de marcher en permanence au bord d'un gouffre. Seul le cachet que j'avale chaque matin m'empêche de tomber.

Gabrielle doit venir prendre le thé cet après-midi. J'aurais dû annuler.

Le 30 septembre
(suite)

Quel étrange moment je viens de vivre avec la voisine ! Après coup, c'est presque drôle. J'ai cru perdre une dent en tombant sur un noyau dans son clafoutis, et elle pense que Sacha me bat. Je lui ai bien sûr dit que ce n'était pas le cas, mais en même temps cette idée délirante qu'elle n'a pas tout à fait abandonnée, j'en suis sûre, l'empêche de se poser d'autres questions.

Dans mon journal, la page du 18 janvier portera à jamais la trace de la colère de Sacha. Le pli ne partira pas. C'est amusant parce que je l'ai relue et il est question de lui. De son odeur, de ses mains. Du manque que j'ai de Sacha lorsqu'il n'est pas près de moi…

Le pli barre tout ce que j'ai écrit, comme si Sacha avait tiré un trait sur nous.

Journal d'Anna, le 3 octobre

François vient de m'appeler. J'ai été choisie pour le poste de secrétaire d'édition. Je commence le 2 novembre. Je dois passer à son bureau à la fin de la semaine pour en parler avec lui, et pour récupérer les deux derniers manuscrits que j'aurai à lire en tant que lectrice indépendante.

J'ai annoncé la nouvelle à Sacha. On fête ça chez l'italien ce soir.

Je me pose tellement de questions ! Je crois que ma tête est sur le point d'exploser. Mais je suis heureuse.

33

La clinique vétérinaire de la rue Pernety était vaste et très moderne. Plusieurs médecins y pratiquaient, dans des locaux climatisés aux murs carrelés de blanc. Une fois passé l'entrée, les visiteurs se retrouvaient dans la salle d'attente commune, face au bureau d'accueil derrière lequel officiait une jeune femme qui ne devait pas avoir plus de vingt-cinq ans et un visage aux rondeurs enfantines, parsemé de taches de rousseur. Gabrielle, avant même de lui avoir parlé, lui trouva un air avenant. La sexagénaire patientait, derrière un vieil homme tenant une cage à l'intérieur de laquelle était perché un perroquet au plumage gris clair. D'une voix grêle où transparaissait son inquiétude, il expliquait à l'employée la raison de sa venue :

— Ça fait trente ans qu'on parle ensemble, disait-il en montrant l'oiseau qui baissait la tête pour observer son propriétaire par en dessous. Et là, plus rien. Depuis trois jours, il n'a pas prononcé un seul mot. Moi non plus, du coup…

Quelle tristesse, songea Gabrielle, et quelle solitude que

celle de cet homme, dont l'unique interlocuteur était ce volatile. L'employée du cabinet pensa certainement la même chose, car son visage poupin refléta une réelle empathie. Avec douceur et bienveillance, elle demanda au vieil homme son nom, l'âge et le nom de son perroquet, et lui proposa d'aller s'asseoir en attendant qu'un vétérinaire vienne le voir. Le pauvre vieux prit docilement le chemin de la salle d'attente et Gabrielle le suivit des yeux jusqu'à ce qu'il s'asseye, posant la cage sur le siège à côté du sien et jetant des coups d'œil désespérés à « Antoine » qui roulait des yeux exorbités dans la direction opposée.

— Bonjour, en quoi puis-je vous aider ?

Gabrielle sursauta et se tourna vers la jeune femme de l'accueil qui la regardait en souriant chaleureusement. La sexagénaire la salua et lui demanda s'il y avait d'autres annonces pour des chatons à adopter que celle qui était scotchée à côté de la porte d'entrée.

— Il est précisé qu'ils sont noirs, blancs, et bicolores… J'aimerais un chat tigré, expliqua Gabrielle.

— Si vous ne tenez pas à ce que ce soit un chaton, nous avons un pensionnaire qui pourrait vous convenir.

L'employée quitta son bureau et proposa à Gabrielle de la suivre. Cette dernière, qui ne s'attendait pas à voir son futur animal de compagnie autrement qu'en photo dans un premier temps, lui emboîta le pas, un peu déstabilisée.

Elles entrèrent dans une pièce où une forte odeur chimique, mêlée à des remugles de croquettes, de pâtée et de litière, incommoda Gabrielle. Il y avait là un alignement de cages, presque toutes occupées par des félins convalescents. Certains étaient inconscients, parfois sous perfusion. D'autres, simplement immobiles, portèrent un regard vaguement intéressé sur les nouvelles venues. Le chat tigré vers lequel se dirigea l'employée de la clinique avait une patte bandée.

— C'est une dame du quartier qui nous l'a apporté, commença-t-elle. Elle l'a trouvé dans une poubelle de la voirie, devant son immeuble. C'est un mâle castré de deux-trois ans. Il a dû être abandonné avant les vacances. Un peu craintif mais très doux. Sa patte était écorchée, rien de grave…

Gabrielle s'approcha de la cage et regarda longuement le chat de gouttière qui y était couché. Celui-ci leva les yeux vers elle, la gueule posée sur ses pattes avant. Il avait un petit air triste et la même lettre M que le chat des Malkine dessinée sur son front. Il renifla dans la direction de Gabrielle avec sa truffe couleur brique et plissa légèrement ses yeux jaunes… Malgré toute la bonne volonté dont elle fit preuve, Gabrielle ne le trouva pas sympathique. Elle se tourna vers la jeune femme de l'accueil et lui dit qu'elle était désolée, mais qu'elle préférerait avoir un chaton.

— Je comprends, lui répondit l'employée toujours souriante. Pour l'instant, nous n'avons rien d'autre que l'annonce que vous avez vue. Mais n'hésitez pas à passer régulièrement… Vous pouvez aussi consulter les annonces d'adoption sur notre site Internet.

Les deux femmes retournèrent à l'accueil, où un vétérinaire en blouse bleue et un homme tenant son dogue allemand en laisse étaient en grande discussion au sujet du régime alimentaire de l'animal. La réceptionniste tendit une carte de l'établissement à Gabrielle, qui la remercia.

En passant par la salle d'attente pour regagner la sortie, Gabrielle remarqua que le vieil homme et son perroquet ne s'y trouvaient plus. Elle se promit de revenir prendre de leurs nouvelles, qu'elle ait ou non un chaton à adopter dans cet endroit.

34

Journal d'Anna, le 6 octobre

Papa au téléphone en début d'après-midi. Il n'avait pas encore réagi à mon embauche. J'imagine qu'il n'était pas sûr que ce soit une bonne nouvelle. Il m'a tout de même félicitée et m'a proposé de venir passer quelques jours à Grenoble, pour souffler un peu avant de commencer à travailler. J'ai décliné son invitation. Je ne veux plus aller à Grenoble toute seule. Et comme Sacha n'y est pas vraiment le bienvenu…

Maman ne m'a pas parlé de la lettre que je ne lui ai toujours pas écrite mais je sais qu'elle y pense, qu'elle l'attend.

Retard ce mois-ci. J'achèterai un test si rien ne se passe d'ici deux ou trois jours.

Journal d'Anna, le 7 octobre

Encore rien aujourd'hui.

J'ai fait les boutiques ce matin. Résultat des courses : un tailleur-pantalon, deux chemisiers, un gilet long en laine. Ma garde-robe de future working girl… Je ne mets que des jeans depuis que je vis à Paris. Et des hauts rapportés de Grenoble, trop grands pour moi : j'ai beaucoup maigri durant ma dépression, et je n'ai pas repris de poids depuis.

Déjeuner chez Gabrielle ensuite. Elle s'est surpassée. Poireaux vinaigrette, blanquette de veau et poires pochées au vin rouge (un vrai fortifiant, m'a-t-elle assuré, et sans noyau). Je pense qu'elle essaie de me remplumer. J'aurais peut-être dû prévoir une taille au-dessus quand j'ai acheté mes vêtements.

Elle ne m'a pas reparlé de Sacha. Elle m'a demandé des nouvelles de ma dent, m'a gentiment grondée parce que je n'étais pas allée voir de dentiste, et s'est une nouvelle fois perdue dans ses souvenirs. Le bistrot de ses parents et son enfance heureuse… Je me suis contentée d'écouter.

Toujours ce soulagement, quand je repars de chez elle, même si sa compagnie ne m'est pas déplaisante.

Journal d'Anna, le 10 octobre

Test négatif. Est-ce que c'est sûr à 100 % ?

Vu Declerck. Je ne lui ai bien sûr pas parlé de mon « retard », à Sacha non plus. Il est si étrange depuis notre dispute. Préoccupé, absent. Il me dit être débordé de travail. Je lui ai raconté de quelle manière Gabrielle avait interprété ce qu'elle avait entendu. Je m'attendais à ce que cela l'affecte et le fasse réagir, d'une manière ou d'une autre. Mais il s'est contenté de hausser les épaules et de traiter notre voisine de « vieille folle ».

Au milieu de tout ça, j'éprouve les plus grandes difficultés à me concentrer sur le manuscrit que je suis en train de lire. Pourtant, il a quelque chose… *Quitter Paris.* Un beau titre, l'histoire d'une vie qui s'écroule et qui est à recommencer ailleurs. Destruction et émancipation.

Journal d'Anna, le 11 octobre

J'ai eu mes règles ce matin, mais je ne cesse de me demander ce que nous aurions fait si j'étais tombée enceinte. Je ne sais pas pourquoi, c'est maintenant que cette perspective m'obsède. Une sorte de peur rétroactive. Auparavant, j'étais dans la constatation, dans l'attente et le compte des jours qui généraient une vague angoisse. Peut-être parce qu'il est tout de même moins effrayant d'y penser alors que je sais que le risque est écarté. En tout cas dans l'immédiat.

Que ferons-nous si cela se produit vraiment à l'avenir ? Nous n'en avons jamais parlé. Nous sommes-nous résignés, chacun de notre côté, à ne jamais être parents ? Est-ce qu'un jour, nous nous détesterons pour toutes ces choses auxquelles nous aurons renoncé afin d'être ensemble ?

35

Gabrielle se demandait comment allaient son fils et ses petites-filles. Mais elle ne se décidait pas à les appeler. Quelque chose l'avait profondément blessée dans les propos tenus par Adrien lors de leur dernière discussion. Elle éprouvait même une certaine angoisse à l'idée d'une nouvelle « confrontation » avec sa progéniture.

Pourtant, cela l'aurait occupée. Les semaines s'étiraient à l'infini depuis qu'elle ne se rendait plus à son cours d'informatique chaque mardi et vendredi. Les journées se ressemblaient toutes, excepté le dimanche où elle allait au marché Brune : quelques courses le matin dans les commerces du quartier, un café de temps en temps au « Septième Art », les après-midi et les soirées passés sur Internet et devant la télé… Anna avait cassé cette routine à deux reprises, en venant déjeuner. Mais elle ne s'était pas éternisée et avait repris le chemin de son appartement tout de suite après le dessert. Même si la jeune femme s'était détendue avec elle, Gabrielle la sentait toujours un peu sur la défensive. La sexagénaire essayait de la mettre en confiance en lui faisant part d'anecdotes personnelles et en espérant que la jeune femme en fasse autant. Mais elle se livrait très peu, et jamais au sujet de Sacha.

Il lui était aussi arrivé, pour tuer le temps, de feuilleter ce vieux répertoire qui datait d'une quinzaine d'années et sur lequel elle avait noté ce dont elle s'était souvenue du numéro des parents d'Anna. Était-il possible que les gens disparaissent de vos vies aussi facilement ? Certes, il n'y avait pas grand monde dans ces pages, le caractère de Sergio n'ayant jamais facilité les relations amicales. Mais Gabrielle fut tout de même étonnée de constater que, de toutes les personnes dont elle voyait les coordonnées écrites par ses soins, aucune ne faisait encore partie de sa vie hormis un ophtalmologue et un médecin généraliste. Gabrielle se souvenait pourtant avoir essayé de maintenir le lien avec les connaissances qui dataient de son mariage avec Sergio, après le décès de celui-ci. Elle avait laissé libre cours à sa nature liante, longtemps brimée par le tempérament méfiant de son mari. Sans succès.

Un mardi après-midi de la fin du mois d'octobre, elle craqua et mit fin à son ennui en se rendant au cours d'informatique. Max fut surpris et un peu mal à l'aise de la voir, mais il se montra accueillant. Il alla même jusqu'à lui dire qu'il s'était inquiété de son absence.

— Mon fils et mes petites-filles sont venus de Nouméa pour passer quelques semaines à Paris avec moi. Ils déménagent au Cambodge en décembre. C'était pour eux l'occasion de se détendre en famille avant d'être absorbés par ce grand changement !

Elle raconta la même histoire à Solange quand elle retrouva sa place à côté d'elle.

En quittant l'atelier, les deux femmes prolongèrent leurs retrouvailles autour d'un thé. Solange donna des nouvelles de Laurentine, dont la nouvelle vie de retraitée se déroulait essentiellement dans des trains, elle et son mari ayant décidé de faire le tour de leurs familles respectives disséminées aux quatre coins de la France.

— Elle m'a dit qu'elle te contacterait, elle ne l'a pas fait ? demanda-t-elle à Gabrielle qui fit non de la tête. Elle t'appellera. Elle prend de tes nouvelles chaque fois qu'on se parle.

Un silence pesant s'installa ensuite. Gabrielle y mit fin en questionnant Solange sur la soirée organisée par Max.

— Oh, tu n'as rien loupé, réagit immédiatement Solange. La moitié des personnes qui devaient venir n'étaient pas là et ça s'est terminé assez tôt. En plus, il m'a fallu la nuit entière pour digérer le repas. Je n'ai plus l'habitude de manger comme ça le soir.

Cette dernière remarque fit sourire Gabrielle. Solange en profita pour lui donner son point de vue au sujet de Max :

— Tu sais, je ne crois pas qu'il ait fait exprès de ne pas t'envoyer d'invitation. Il était vraiment désolé…

L'air détaché, Gabrielle affirma que cela n'avait plus d'importance : « De toute façon, à part toi, il n'y a pas grand monde que je trouve sympathique dans cet atelier. Les gens sont des sauvages. » Solange n'était pas d'accord. « On est tous pareils, dit-elle. On court après le temps, on n'arrive pas toujours à penser aux autres. Les personnes comme toi sont des exceptions. » Solange avait souri en prononçant cette dernière phrase qui ressemblait à un compliment, mais qui résonna comme un reproche aux oreilles de Gabrielle. Elle eut envie de partir. Regardant sa montre, elle prétexta des courses à faire avant de rentrer chez elle. Les deux amies terminèrent leur thé en vitesse et se donnèrent rendez-vous au prochain cours, trois jours plus tard.

Arrivée en bas de son immeuble, Gabrielle poussa la porte vitrée qui ouvrait sur le hall et tomba nez à nez avec Sacha Malkine, qui attendait l'ascenseur. Il se tourna brièvement vers elle, murmura un « bonsoir » en réponse à celui de Gabrielle et garda les yeux fixés droit devant lorsque la sexagénaire s'approcha de lui. Elle resta néanmoins à une distance raisonnable de l'ours Malkine, dont l'hostilité à son endroit était évidente.

Une fois dans la cabine, il ne desserra pas les mâchoires et ne la regarda toujours pas. Gabrielle eut l'impression d'avoir retrouvé l'ancien Malkine, celui d'avant l'arrivée d'Anna. Mal à l'aise, elle se tut elle aussi, supposant que le jeune homme avait été informé par son épouse des soupçons de violence qu'elle avait formulés à son encontre. Dans ce silence à peine troublé par le bruit sourd du mouvement de l'habitacle, l'ascension jusqu'à son étage lui parut non seulement interminable, mais également effrayante. Malkine, dont la main droite serrait à s'en blanchir les phalanges la lanière de la sacoche qu'il portait en bandoulière, semblait sur le point d'exploser. Ses yeux, qui ne se détournaient pas des portes de l'ascenseur, avaient une brillance dans laquelle Gabrielle vit la colère qu'elle lui inspirait et qu'il contenait à grand-peine. Lorsque l'indicateur de niveau afficha le chiffre 2, il baissa soudain la tête, semblant fixer ses chaussures, et demeura dans cette position jusqu'à ce que la cabine s'arrête à l'étage de Gabrielle. Son visage ne se releva pas, mais il fit un pas en arrière et se cala dans un coin de la cabine, comme pour être sûr d'éviter tout contact physique avec sa voisine. Celle-ci s'empressa de sortir, sans lui dire au revoir.

Elle ferma sa porte à double tour et, durant les deux heures qui suivirent, ne put penser à autre chose qu'à l'attitude de Malkine, à la peur qu'elle avait ressentie. Sacha Malkine était un homme dangereux, elle en avait à présent la certitude. Elle devait le mettre hors d'état de nuire, pour le bien d'Anna ainsi que pour sa propre sécurité. Gabrielle attendrait que la jeune femme commence son nouveau travail pour agir. Il ne s'agissait pas de la déstabiliser au moment où elle s'apprêtait à gagner en autonomie et, certainement, en assurance.

Sur son canapé traînait le répertoire qu'elle avait une nouvelle fois consulté et oublié de ranger avant de partir à son cours. Elle le prit, et l'ouvrit à la page du numéro incomplet des parents d'Anna qu'elle connaissait à présent par cœur. Patience…, se dit-elle. La solution était entre ses mains. Il suffisait d'attendre encore un peu.

36

Journal d'Anna, le 25 octobre

Coup de fil de Jacques aujourd'hui vers treize heures. Il déjeunait à l'atelier, sans ses employés qui étaient partis manger à l'extérieur. Il voulait me parler de Sacha. Il s'inquiète pour lui depuis quelque temps, le trouve tendu, irritable, distant avec les autres employés, avec lui, et même avec certains clients. Il m'a demandé s'il y avait un problème, si je savais pourquoi il semblait tellement malheureux. Je n'ai pas su quoi répondre. Je lui ai juste dit qu'à ma connaissance, tout allait bien… Ma réponse l'a laissé dubitatif mais il m'a gentiment assuré qu'il était là, si nous avions besoin de quoi que ce soit. Que nous n'étions pas seuls. Je l'ai remercié et j'ai raccroché, une boule au fond de la gorge.

Je n'en ai pas parlé à Sacha quand il est rentré, un peu plus tôt que d'habitude. Il m'a raconté avoir pris l'ascenseur avec notre voisine. Tous les deux sont restés muets et ne se sont même pas dit au revoir lorsque Gabrielle est arrivée à son étage.

Je ne suis pas étonnée de la part de Sacha, qui la porte encore moins dans son cœur depuis qu'elle le prend pour une brute épaisse, mais Gabrielle ? J'ai du mal à l'imaginer muette sur trois étages. Peut-être que Sacha lui fait peur.

Je ne me cache plus pour écrire mon journal. À quoi bon ? De toute façon, mon carnet traîne dans l'appartement, sous le nez de Sacha qui ne semble pas le voir. Tout comme il ne me fait aucune remarque concernant le cachet que j'avale chaque matin. Il semble indifférent à tout en ce moment. Même à moi.

Journal d'Anna, le 26 octobre

Cauchemar la nuit dernière. Cela faisait longtemps.

Je n'ai pas réussi à retrouver le sommeil et j'ai regardé Sacha dormir pendant un bon moment. J'ai regardé cet homme qui ne devrait pas être à moi, et qui est pourtant là. Il avait son air soucieux, même dans les bras de Morphée.

Je crois qu'il n'y avait pas vraiment d'images identifiables dans mon cauchemar. Juste une succession de couleurs, ou peut-être de paysages... Une sensation de vitesse, puis de chute qui m'a réveillée brutalement.

Terminé ma dernière fiche de lecture. Dans un peu plus d'une semaine, ma vie va changer. J'ai l'impression de redevenir la prof que j'étais, à quelques jours de la rentrée des classes. La même angoisse.

Declerck pense qu'il faut se laisser un peu de temps pour voir comment je vais gérer ce stress. Les antidépresseurs devraient m'aider. Pas question pour l'instant de diminuer le dosage, comme je l'aurais souhaité. Je vais l'écouter et commencer à prendre mon cachet le soir pour éviter mes somnolences de l'après-midi.

Journal d'Anna, le 1er novembre

Coup de fil de maman ce matin pour me demander comment j'allais, à vingt-quatre heures du jour J. Elle est fière de moi, tellement heureuse que j'intègre vraiment cette grande maison d'édition (j'ai eu droit à une longue liste des auteurs y ayant été publiés).

Et puis elle a voulu savoir si j'avais allumé « la bougie pour les morts ». Oui, je l'ai allumée. Ce rituel qu'elle m'a légué, cette flamme que nous faisons brûler pour les défunts chaque 1er novembre. Maman n'est pas religieuse mais elle est mystique. Les livres lui ont donné le goût de l'invisible : ce qu'on ne voit pas n'est pas forcément absent. Pour elle, les morts deviennent en quelque sorte des personnages de roman, réels à leur façon, continuant d'exister à travers l'évocation de tiers qui écrivent et réécrivent leur histoire. Finalement, il n'y a pas vraiment de différence entre la vie, la mort et les romans. Tout s'imbrique, tout se répond. Cette façon de penser a toujours fait sourire papa. Pourtant, lui aussi est un « personnage » dans le grand livre de ma mère. Ce n'est pas un hasard si cette amoureuse de Tolstoï a eu un coup de foudre pour ce grand étudiant ombrageux dont les ancêtres étaient originaires de l'Oural.

Longue promenade avec Sacha, du côté de la rue des Thermopyles et jusqu'à Montparnasse. Un moment de détente comme nous n'en avions pas eu depuis une éternité. Sacha semblait plus apaisé que ces dernières semaines. Lorsque nous sommes rentrés, il s'est installé sur le canapé avec *L'homme imaginaire.* Il lui restait une vingtaine de pages à lire. Quand il a refermé le roman, il semblait ému. Il a cherché ses mots, et puis il a dit en me souriant avec une infinie tendresse : « Gaspard Aubin est bien plus grand que je ne le serai jamais. Merci de m'avoir donné un peu de cette vie. »

Je ne pouvais pas rêver plus belle journée avant le grand saut dans le vide de demain. Il ne me reste qu'à prendre mon cachet et à souffler la bougie.

37

Le perroquet gris du Gabon souffrait probablement d'anxiété. C'est ce que lui apprit la jeune femme de l'accueil à la clinique vétérinaire, toujours aussi affable. Elle n'avait pas consulté le dossier de l'animal, n'ayant de toute façon pas le droit de communiquer les informations s'y trouvant, mais elle se souvenait de ce cas et de l'absence de problème d'ordre physiologique. Elle expliqua à Gabrielle que ces oiseaux étaient hypersensibles. Le moindre changement dans leur environnement pouvait être une source de stress, voire de déprime.

— La dépression est une pathologie assez courante chez les perroquets. Ils arrêtent de parler, de manger, ils peuvent même s'arracher les plumes…, dit-elle sans se départir de son sourire.

Quand Gabrielle lui demanda comment allait le propriétaire de l'animal, l'employée, un peu surprise, avoua son ignorance.

— Il semblait si triste, se justifia Gabrielle, si inquiet… Je m'étais promis de revenir prendre de ses nouvelles.

La jeune femme qualifia la démarche de Gabrielle d'inhabituelle et d'adorable, ce qui plut énormément à la sexagénaire. Son interlocutrice ne cessait de confirmer la bonne impression qu'elle lui avait faite dès le départ.

— J'en ai profité pour jeter un coup d'œil aux annonces d'adoption, continua Gabrielle. Mais il n'y a toujours rien pour moi.

L'employée détourna son attention de Gabrielle pour s'occuper d'une femme dans la quarantaine, tenant à bout de bras une caisse de transport de laquelle s'échappaient des miaulements rauques. Gabrielle se pencha légèrement et aperçut la tête d'un gros matou rouquin.

Lorsque la jeune femme de l'accueil s'intéressa de nouveau à elle, ce fut pour lui demander de lui rafraîchir la mémoire : que souhaitait-elle adopter ? Gabrielle lui parla d'un chaton tigré, si possible un mâle, et l'employée s'illumina : « Bien sûr, je me souviens… » Puis elle chercha parmi les papiers dispersés sur son bureau et en sortit une feuille au format A4 qu'elle tendit à Gabrielle.

— C'est peut-être votre jour de chance, dit-elle. Je n'ai pas encore eu le temps de la scotcher.

Gabrielle découvrit la photographie d'une portée de chatons, parmi lesquels se trouvaient deux spécimens tigrés. Un mâle et une femelle, précisait le texte juste en dessous.

— Ils ont trois mois, ils sont sevrés… Vous pourriez récupérer le vôtre tout de suite. Passez les voir et vous déciderez ! Les propriétaires habitent à côté de la clinique.

Il y avait un numéro de téléphone, que Gabrielle nota sur un post-it que lui donna la jeune femme. Celle-ci lui dit encore : « J'attendrai demain pour l'afficher », en lui faisant un clin d'œil et en reposant l'annonce sur son bureau, à l'abri des regards.

En dépit du ciel bas de ce deuxième après-midi de novembre, Gabrielle, en sortant de la clinique, se délecta de la lumière voilée d'un soleil qui ne demandait qu'à percer les nuages. La discussion avec Marion, puisque tel était le prénom de l'employée de la clinique, l'avait revigorée. Quelle personne charmante ! Et qui parlait le même langage qu'elle, celui de l'altruisme. La perspective d'échanger avec la jeune femme chaque fois qu'elle se rendrait à la clinique, c'est-à-dire très régulièrement car elle avait décidé d'y acheter les croquettes de son futur félin, la mettait en joie.

Sur le chemin qui la ramenait à son immeuble, Gabrielle faillit appeler le numéro qui figurait sur l'annonce. Peut-être pouvait-elle passer voir les chatons dès à présent ?... Mais elle ne se décida pas et repoussa le coup de fil à son retour chez elle. L'ambulance garée juste devant la lourde porte d'entrée, et les ambulanciers qu'elle croisa dans la cour, transportant une civière sur laquelle reposait un corps recouvert d'un drap, fit passer cette histoire de chatons au dernier rang de ses préoccupations. Elle demanda à l'un des ambulanciers qui était décédé.

— Un monsieur âgé, au cinquième...

Le triste convoi poursuivit son chemin. Gabrielle resta un instant immobile, sous le choc et soudain effrayée à l'idée de franchir la porte vitrée de son immeuble dont le hall, de loin, lui paraissait très sombre, comme endeuillé.

Elle finit pourtant par s'y rendre et tomba sur la gardienne qui donnait un coup de balai. Cette dernière fit d'abord mine de ne pas voir Gabrielle puis, sans interrompre son travail, s'adressa à elle :

— Ce pauvre Monsieur Domange, quelle tristesse. Un homme si gentil, si discret… et qui était là depuis tellement longtemps !

— Oui, approuva Gabrielle, un peu sèchement.

La porte de l'ascenseur s'ouvrit et la sexagénaire se retrouva face à l'infirmière de Domange. Elle avait ce maintien, cette allure austère que Gabrielle ne lui avait plus vue depuis longtemps, et les yeux rougis. Son visage sévère se durcit davantage encore lorsqu'elle vit Gabrielle. Celle-ci entama pourtant la discussion :

— Je viens de voir les ambulanciers… Toutes mes condoléances.

L'infirmière la remercia du bout des lèvres et sortit de la cabine, visiblement pressée de quitter les lieux. Gabrielle continua :

— Si vous avez besoin de quoi que ce soit, de parler…

— Ça servira à quoi de parler ? l'interrompit la jeune femme avec virulence.

Surprise par cet accès d'animosité, Gabrielle ne sut quoi répondre. L'infirmière, qui la fixait intensément, poursuivit plus calmement :

— Je connais les gens comme vous. Les bons samaritains. Il y en a au moins un dans chaque immeuble où je travaille. Ils s'arrangent pour prendre l'ascenseur avec moi et me harcèlent de questions sur mes patients, ils veulent

« aider », ils se croient tellement généreux… Mais ce n'est pas la générosité qui vous fait vous intéresser aux autres. C'est l'ennui. Vous crevez d'ennui. Vous voulez que je vous parle ? De quoi ? De Pierre ? De notre relation ? Et j'aurai droit à la mine dégoûtée de la dernière fois ?

Gabrielle allait protester mais la jeune femme ne lui en laissa pas le temps.

— Pierre se méfiait de vous comme de la peste, reprit-elle. Il vous avait vue à l'œuvre, avec sa voisine de palier. Une pauvre femme avec sa petite fille, qui a eu le malheur d'accepter votre aide. Elle ne savait plus comment se débarrasser de vous, elle a fini par déménager… Rentrez chez vous et foutez-nous la paix avec nos vies et nos problèmes, qui ne sont pas les vôtres.

La stupeur paralysa Gabrielle qui vit la jeune femme se détourner d'elle pour marcher à grands pas vers la sortie puis s'éloigner dans la cour, à la fois décidée et mal assurée, un peu chancelante. Lorsqu'elle reprit ses esprits, Gabrielle s'aperçut que la gardienne la toisait d'un air goguenard, ce qui la mit en rage.

— Vous êtes contente ? Vous aurez une histoire drôle à raconter aux membres de votre secte pour les cinq années à venir, lui lança-t-elle avant de monter dans l'ascenseur.

Une fois rentrée, la sexagénaire ne parvint pas à se calmer et se mit à faire les cent pas. Elle finit par se servir un verre de porto, qui lui coupa les jambes et l'obligea à aller s'allonger sur son lit. Son esprit, lui, continua sa marche folle, ressassant les propos injustes et haineux de l'infirmière. Pourquoi avait-elle la désagréable sensation que la terre entière (Anna et l'employée de la clinique vétérinaire exceptées) lui en voulait ? Les gens étaient-ils si mal dans leur peau pour avoir besoin de cracher leur venin à la face des autres et de les rendre aussi misérables qu'eux ? Monsieur Domange était un homme discret, peu bavard, mais il ne s'était jamais montré hostile à son endroit, au contraire… Et cette histoire de voisine du cinquième… Gabrielle se souvenait d'elle, bien sûr. Marie. Une femme d'une trentaine d'années qui vivait avec sa petite fille de neuf ans, Zoé. Une fillette adorable que Gabrielle allait souvent chercher à l'école et aidait pour ses devoirs. Parfois même elle lui préparait à dîner lorsque sa mère rentrait tard. Après un mariage chaotique et un mauvais divorce, Marie élevait seule sa fille. Elle enchaînait les petits boulots et avait du mal à boucler les fins de mois. Gabrielle l'avait dépannée, une ou deux fois. Marie ne l'avait jamais remboursée mais ce n'était pas grave, Gabrielle ne lui avait pas réclamé son argent. De temps en temps aussi, elle remplissait le frigo de la jeune femme. Zoé, pendant qu'elle faisait ses devoirs, se confiait beaucoup à elle. La fillette lui parlait des sautes d'humeur de Marie, stressée par le manque d'argent. Des hommes qu'elle ne connaissait pas et qui prenaient parfois le petit déjeuner avec elle et sa mère, lorsque cette dernière n'était pas rentrée seule le soir. Certains l'amenaient à l'école. Gabrielle avait fait une remarque à Marie à ce sujet. Elle trouvait cela imprudent. Connaissait-elle bien ces hommes, les revoyait-elle ? Marie ne s'était pas énervée et lui avait assuré qu'elle savait ce qu'elle faisait, qu'il n'y avait aucun danger pour Zoé. Durant les deux années où Marie et Zoé avaient vécu au cinquième, à aucun moment Gabrielle n'avait senti que sa présence ou ses propos agaçaient la jeune femme. Lorsqu'elle avait déménagé, Marie avait expliqué qu'elle s'était réconciliée avec sa mère, qui habitait à Nantes, et que ce serait plus facile d'aller vivre près d'elle. Gabrielle n'avait rien eu à voir avec ce départ… Et elle n'avait porté aucun jugement sur la relation qui unissait Domange à son infirmière. Elle avait été surprise, mais qui ne l'aurait pas été ? Domange avait-il eu, pendant toutes ces années, une si piètre opinion d'elle ? Son infirmière (devait-elle dire sa compagne ?) avait-elle influencé son jugement ? Et pour quelles raisons ? Pourquoi cette hargne à son encontre ?

Cette histoire n'avait aucun sens. Gabrielle finit par se calmer en se disant que les paroles prononcées par l'infirmière étaient celles d'une femme bouleversée. Il lui fallait un réceptacle à sa colère et c'était tombé sur elle, qui avait eu la malchance d'attendre l'ascenseur au moment où la jeune femme en était sortie. Cette conclusion l'apaisa. Se levant puis quittant sa chambre, elle eut envie d'appeler Anna. Toute la journée, elle s'était demandé comment se déroulait le premier jour de travail de la jeune femme. Regardant sa montre, elle vit qu'il n'était que dix-huit heures. Anna serait-elle rentrée ? Il lui semblait entendre des craquements de plancher en provenance de l'étage supérieur mais cela pouvait être Sacha et elle ne souhaitait pour rien au monde tomber sur lui. Surtout pas ce soir. Hésitante, elle s'empara finalement de son combiné et composa le numéro des Malkine. La sonnerie de leur téléphone lui revint faiblement en écho à travers le plafond.

38

Journal d'Anna, le 2 novembre

Quelques mots avant que mon ami Seropram m'aide à trouver un sommeil bien mérité... Mais quelques mots seront-ils suffisants pour décrire ce que j'ai vécu aujourd'hui ?

La peur au ventre en arrivant dans le bureau de François ce matin. Cette vieille impression de ne pas être à ma place lorsqu'il m'a fait visiter la maison et présenté mes collaborateurs, puis lorsque je me suis installée à mon bureau. Extrêmement mal à l'aise toute la matinée, écoutant ce flot d'informations me parvenant des uns et des autres en ayant le sentiment de tout oublier au fur et à mesure. En étant persuadée que tout ce qu'il y a d'étrange et d'inapte en moi était là, visible aux yeux de tous, malgré le mal que je me donnais pour le cacher.

Le temps du déjeuner a été une libération. François m'a fait la surprise de m'emmener au « Café des éditeurs », où nous attendait Théodore Sargue. À mon grand soulagement, nous n'étions que tous les trois. L'auteur, dont le roman caracole toujours en tête des ventes de la rentrée, est dans l'attente des résultats imminents de deux prix littéraires. Il est heureux, il ne cesse de le répéter et de nous remercier, François et moi. Il s'est montré aussi charmant et intéressant que les fois précédentes, me félicitant pour mon nouveau travail et se réjouissant de me voir plus souvent grâce à cette embauche. J'ai appris durant le déjeuner que les droits d'adaptation de son roman venaient d'être achetés par une société de production française. Théodore m'a à nouveau parlé de Sacha : « Il devrait passer le casting. Peu importe qu'il soit débutant. Si ça l'intéresse, j'en glisserai un mot à la productrice. » Il était sérieux. Mais je doute que Sacha soit partant. Et puis cela compliquerait encore les choses.

Ensuite, François et Théodore en sont venus à la raison essentielle du déjeuner : Théodore va écrire un roman pour notre collection historique. Il s'intéresse au parcours d'un « mystificateur », comme il l'a appelé, un de ces hommes qui font partie des mythomanes du débarquement du 6 juin 1944. Un faux vétéran ayant prétendu avoir été parachuté sur Sainte-Mère-Église la nuit du 5 au 6, en même temps que 15 000 autres soldats, avec un atterrissage dans le cimetière. Toute sa vie a tourné autour de ce mensonge. Il a participé à toutes les célébrations, et c'est lorsqu'il a reçu la Légion d'honneur qu'un journaliste américain a révélé l'imposture. Encore un *homme imaginaire*… Je lui en ai fait la réflexion, il m'a dit qu'il n'y avait pas pensé…

L'après-midi, j'ai travaillé exclusivement avec François sur la collection. Il m'a expliqué ce qu'il attendait de moi, m'a donné le programme des premières publications, m'a confié deux manuscrits... Ma peur s'est transformée en excitation. Pour la première fois, je me suis dit que je pouvais y arriver. Je dois y arriver.

Sacha énervé lorsque je suis rentrée. Gabrielle a appelé pour avoir de mes nouvelles, un peu avant que j'arrive. Il a décroché. Je lui ai demandé ce qu'il lui avait dit. Sa réponse : « Cette putain de vieille m'insupporte. »

Journal d'Anna, le 9 novembre

Impossible de dormir avec Sacha. Impossible de le regarder, de le toucher. Moi dans la chambre. Lui sur le canapé.

Pourquoi nous fait-il ça ? Pourquoi maintenant ? J'avais l'impression de respirer à nouveau. Je commençais à me dire que nous ferions face, lui et moi, que ce que nous avions l'emporterait sur ce que nous étions.

La soirée avait bien débuté : dîner chez l'italien pour fêter ma première semaine de travail. C'était son idée. Au milieu du repas j'ai compris qu'il y avait un problème. Que Sacha avait quelque chose à me dire, et que ça lui pesait. Je lui ai demandé de me parler. Il a cherché ses mots pour m'annoncer qu'il fallait peut-être envisager de déménager, maintenant que j'avais un salaire. « Oui, bien sûr, c'était ce qu'on voulait, non ?» Je ne comprenais pas son air grave, son regard qui n'osait pas se poser sur moi. Alors il a reformulé : «Je crois qu'il faut qu'on déménage chacun de son côté.» Je suis d'abord restée sans voix. J'ai cru que j'allais vomir ce que je venais de manger. Sacha m'a expliqué que c'était pour notre bien. Enfin, surtout le mien. Maintenant que j'avais une vie professionnelle et sociale, vivre avec lui paraîtrait de plus en plus étrange aux yeux des gens. Ils risquaient de devenir suspicieux. Avoir chacun son appartement nous permettrait de nous fondre dans la masse, sans attirer l'attention. Cela ne nous empêcherait pas de nous voir, de continuer à être ensemble...

Je n'ai pas attendu qu'il termine et je suis sortie du restaurant. Il m'a rattrapée dans la rue, a essayé de me prendre dans ses bras mais je l'ai repoussé. J'ai fondu en larmes. Avoir fait tout ça pour finir chacun dans un appartement, comme des étrangers ? J'ai crié que je me foutais des gens, que je préférais encore retourner à Grenoble plutôt que de vivre dans la même ville que lui mais sans lui. Que je le trouvais lâche.

Nous avons fait le chemin sans nous parler ensuite, chacun dans sa peine et ses pensées.

Je sais qu'il a raison. Je ne me fous pas des gens, sinon pourquoi passer mon temps à mentir, à faire semblant d'être ce que je ne suis pas ? Est-ce que nous sommes piégés ? Condamnés à demeurer des ombres, solitaires et rasant les murs, si nous voulons rester ensemble ? Ces derniers jours m'ont grisée, j'ai cru que nous pouvions nous en sortir, avoir la même vie que les autres. Je me suis trompée.

J'ai peur qu'il me quitte. Que ces déménagements séparés soient pour lui un moyen de s'enfuir et de me laisser vraiment. J'en mourrais.

39

Dix jours. Gabrielle avait dû attendre dix jours avant d'avoir enfin des nouvelles d'Anna. Et encore, la jeune femme n'avait pas pris la peine de la rappeler. Gabrielle les avait croisés dans la matinée, elle et Sacha, dans la rue Raymond-Losserand. Ils sortaient du supermarché, les bras chargés de sacs, et elle y entrait avec son caddie. Au milieu de la foule du samedi, leur beauté les rendait immanquables. Ce qui se dégageait d'eux aussi. Anna, blafarde, avait son air apeuré et parut extrêmement gênée en voyant Gabrielle. Quant à Malkine, il avait une tête de repris de justice, les mâchoires scellées et un début de barbe qui assombrissait encore le tableau. Une magnifique crapule, mais une crapule tout de même.

Gabrielle s'était efforcée de l'ignorer, de la même manière qu'il n'avait pas daigné la saluer, laissant son épouse s'approcher de la sexagénaire mais restant en retrait. Gabrielle s'était montrée la plus chaleureuse possible avec Anna, ne faisant aucune allusion au silence téléphonique de la jeune femme. Elle n'avait pas non plus parlé de l'attitude de son mari, qui lui avait raccroché au nez alors qu'elle souhaitait simplement savoir comment s'était déroulé le premier jour de travail de son épouse.

— Alors ce boulot, ça se passe comment ? avait-elle demandé d'un ton enjoué, heureuse de pouvoir enfin poser la question à Anna.

— Très bien, s'était contentée de répondre cette dernière.

La jeune femme avait jeté un coup d'œil inquiet du côté de Malkine, qui s'impatientait. Gabrielle s'était dit qu'il valait mieux ne pas insister pour en savoir davantage. Elle ne souhaitait surtout pas être la cause d'une nouvelle altercation entre les époux.

— Je ne vous retiens pas plus longtemps, avait-elle rassuré Anna. Passez me voir un prochain week-end, quand vous aurez le temps, pour tout me raconter.

Anna avait acquiescé, visiblement soulagée, et s'était dépêchée de rejoindre son mari. Gabrielle les avait regardés s'éloigner, une boule d'angoisse au creux de l'estomac.

C'était cette image qui la hantait depuis qu'elle était revenue de ses courses. Les Malkine marchant côte à côte, Anna malheureuse et soumise, allant dans la même direction que cet homme qui la maltraitait. Aucun éclat de voix, aucune explosion de violence, ne s'était ébruité de leur appartement depuis un moment, mais était-ce parce qu'elle ne les entendait pas que leurs disputes étaient inexistantes ? Comment savoir ce qui se passait dans la vie d'Anna maintenant qu'il était si difficile d'obtenir de ses nouvelles, et encore plus ardu de la voir ? Le visage à l'expression tourmentée que la jeune femme lui avait présenté quelques heures plus tôt n'était pas rassurant.

L'ignorance dans laquelle elle était désormais maintenue, et le sentiment d'impuissance qui en découlait la décidèrent à faire ce qu'elle avait repoussé jusque-là : appeler les parents d'Anna.

Il était près de dix-neuf heures lorsqu'elle composa le numéro inscrit sur son répertoire et tapa le 0 en guise de chiffre manquant. Elle utilisa son portable et masqua son propre numéro. Une femme lui répondit, qui n'avait aucun lien de parenté avec Anna et ne la connaissait pas. Le 1, le 2 puis le 3 ne lui donnèrent pas non plus accès aux parents de la jeune femme. Elle tapa le 4, sans conviction, commençant à se dire que le reste du numéro devait de toute façon être erroné. Là encore, une femme décrocha. Gabrielle lui demanda si elle se trouvait chez les parents d'Anna Malkine. Le « oui » circonspect qui suivit plongea Gabrielle dans le plus grand trouble. Elle rassembla ses esprits à grand-peine avant de poursuivre :

— Vous êtes la mère d'Anna ?

— Oui… Il lui est arrivé quelque chose ?

— Non, non, s'empressa de répondre Gabrielle. Anna n'a pas eu d'accident, ni rien de la sorte, rassurez-vous…

— Qui êtes-vous ? demanda la mère de la jeune femme après un temps d'hésitation.

— Je suis une amie de votre fille. Je vous appelle parce

que je me pose des questions sur son mari… Pour tout vous dire, je m'inquiète un peu pour Anna…

Gabrielle chercha ses mots pour pouvoir poursuivre mais son interlocutrice l'interrompit dans sa réflexion :

— Ma fille n'est pas mariée. Vous êtes sûre de ne pas vous tromper ?

Gabrielle pensa soudain à la confidence que lui avait faite Anna au sujet de son mariage, resté secret pour ses parents. Elle s'en voulut de son étourderie et tenta de rattraper sa bévue :

— Son compagnon… Je voulais dire son compagnon, pardonnez-moi.

Il n'y eut pas de réaction à l'autre bout du fil et Gabrielle, toujours aussi mal à l'aise, reprit :

— Je ne sais pas ce que vous pensez de lui et si vous l'appréciez, mais des événements récents me poussent à croire qu'il s'est montré violent avec votre fille.

— Anna ne m'a jamais parlé d'un compagnon. Qui est cet homme ?

À cet instant précis, Gabrielle se souvint du « oui » prononcé par la mère d'Anna, lorsqu'elle lui avait demandé si elle était bien chez les parents d'Anna Malkine… Un sentiment de panique s'empara d'elle, son cœur s'emballa et ce fut presque essoufflée qu'elle répondit :

— Sacha… Sacha Malkine…

La voix de son interlocutrice lui parut très lointaine lorsqu'elle lui affirma que Sacha n'était pas le compagnon d'Anna, et elle raccrocha avant d'en entendre davantage.

Elle s'en était déjà rendu compte par le passé : la vérité n'avait jamais rien de lumineux, encore moins d'éclairant. La vérité était un gouffre qui vous aspirait dès que vous aviez le malheur de vous pencher au-dessus de ses ténèbres.

40

Journal d'Anna, le 13 novembre

Ils savent.

Ce que je redoutais le plus vient de se produire. Sacha et moi osons à peine nous regarder. Comme si leur honte était devenue la nôtre. Comme si nous nous voyions à présent à travers leurs yeux. Ils savent.

Papa a appelé hier soir. J'ai décroché et il a tout de suite voulu que je lui passe Sacha. Sans même me dire bonjour. Il était calme, mais d'une froideur qui m'a fait comprendre ce qui se passait. J'ai tendu le téléphone à Sacha et lui aussi a compris. Il est resté un long moment silencieux, écoutant papa, et puis il lui a dit « C'est vrai », avec ses yeux tristes accrochés aux miens. Son regard s'est détourné ensuite et son visage s'est durci. Il a répété plusieurs fois qu'il ne m'avait jamais frappée. Qu'il savait qui les avait contactés pour leur raconter ça et que c'était faux. Un long silence encore, et il a raccroché. Il s'est retourné vers moi : une femme les a appelés. La voisine, forcément… Elle leur a dit que mon compagnon était violent avec moi. Elle leur a dit qu'il s'appelait Sacha. Sacha Malkine. Maman est effondrée. Ils ne veulent plus nous voir. Nous sommes répudiés. Orphelins. Papa avait des doutes. Il considère Sacha comme responsable de cette monstruosité. Il n'a jamais aimé la façon dont il me regardait, ni l'adoration que je lui portais (il a utilisé le mot « soumission »). Je l'ignorais…

Sacha s'est muré dans un mutisme d'enfant puni. C'est ce silence qui est terrible. Et le calme glaçant de papa. Je m'attendais à des cris, à des pleurs… Je m'attendais à ce que ce soit maman qui appelle. Qu'elle nous supplie de lui dire que tout cela était faux. Je m'attendais à ce que cela nous rende plus proches que jamais, Sacha et moi.

Nous sommes si seuls et absents l'un à l'autre.

La nuit

Mon ami Seropram ne peut rien pour moi ce soir. Sacha s'est couché sur le canapé.

Cette image de maman et de nous qui ne quitte pas mon esprit. Nous sommes tous les trois dans le salon. J'ai douze ans, Sacha quatorze. Maman écoute Barbara. Sa voix emplit l'espace et nous emplit tout entiers. *J'ai toujours pensé que les amours les plus belles étaient les amours incestueuses…* J'ai déjà entendu cette chanson mais ce jour-là elle me saisit.

Échanges de regards entre Sacha et moi. Rien ne s'est encore passé entre nous, mais nous savons.

Journal d'Anna, le 16 novembre

J'ai l'impression d'être devenue une machine. Je fais les choses sans y penser, sans qu'elles me touchent. Je me lève le matin, je travaille, je reviens le soir. Sacha agit de la même façon. La distance est toujours là entre nous. En apparence, rien n'a changé et pourtant tout est différent.

J'ai dissuadé Sacha de descendre voir Gabrielle. J'ai peur de sa réaction le jour où il la croisera. Et moi ? Je ne suis même pas sûre de lui en vouloir. J'ai de la pitié pour elle.

Journal d'Anna, le 18 novembre

Tout balancé à Declerck. Lui aussi s'en doutait. Moi qui pensais que nous donnions le change. « Bien sûr, j'aurais préféré que ce ne soit pas une situation de crise qui vous pousse à me parler de la relation qui vous lie à votre frère. » Mais il est prêt à faire avec. Les séances vont enfin devenir intéressantes pour lui. Moi, je ne sais pas à quoi m'attendre. J'avance vers l'inconnu. Je n'ai jamais vécu sans secret. Est-ce que ces mots que j'ai gardés si longtemps en moi vont me laisser vide de toute substance une fois que je les aurai prononcés ?

Juste avant que je parte, il m'a parlé de la lettre que je n'ai pas réussi à écrire à maman. Selon lui c'est le moment de la rédiger, même si je ne la lui envoie pas.

Une lettre pour quoi ? Lui demander pardon ? Lui dire que ce n'est pas sa faute, ni celle de papa si nous sommes ces créatures étranges, « incestueuses » ? Commencer en lui racontant Barbara, cet amour qui s'est révélé à nos propres yeux et sous les siens à cet instant précis, et qu'elle n'a pas su voir ce jour-là, ni les jours qui ont suivi ? Tenter de trouver les mots qui allégeront sa peine, qui mettront fin au dégoût que nous devons lui inspirer ? Lui dire qu'elle est toujours notre mère même si nous ne sommes plus ses enfants ? La supplier ?

Declerck m'assure que c'est d'abord à moi que cette lettre fera du bien. Se débarrasser de ce qui pèse tout en gardant le contrôle, cette distance de sécurité que donne l'écriture. Maintenir sa ligne, ses émotions, sans risquer les ratures. Sans confrontation. Dire en silence.

Je ne rédigerai pas cette lettre.

Je ne veux plus écrire. Je ne veux plus me cacher. Je ne veux plus de ces mots sans relief, sans voix pour les porter. Des mots qui ne risquent rien.

Je veux parler et je veux qu'on me parle. Que Sacha me parle. Qu'il me dise ce que nous sommes aujourd'hui, sans ce secret qui était notre refuge, notre amour même.

Je veux prendre vie.

41

Gabrielle ne s'était pas remise du choc de la révélation. Parviendrait-elle à regarder Anna en face à nouveau ? Sans parler de son frère... Son frère. Comment avait-elle été aussi aveugle ? Pourquoi n'avait-elle pas compris ? À présent cela lui paraissait évident. Cette ressemblance, cette proximité qui éloignait les autres. Gabrielle remontait le temps et le fil de ses conversations avec Anna : tout prenait logiquement sa place, en même temps qu'une signification nouvelle. Cet « amour de jeunesse », la réticence d'Anna à l'idée de devenir mère, son mal-être, sa réserve... Même l'insociabilité de Sacha devenait compréhensible au vu du secret qu'il s'efforçait de garder.

Il y avait aussi eu des mensonges dans les rares confidences faites par Anna. Cette histoire de mariage caché et le pedigree de Sacha, sa naissance à Rouen, sa mère instable, son beau-père blanchisseur... Un portrait soigné, digne d'un roman ! Comment avait-elle pu être aussi crédule ? Elle aurait dû se méfier de quelqu'un qui aimait tant les livres.

Deux semaines s'étaient écoulées depuis qu'elle avait passé ce coup de fil aux parents des Malkine. Et elle ne regrettait rien. Elle portait en elle la conviction d'avoir bien agi, même si elle se doutait que ce qu'elle avait involontairement révélé à la mère d'Anna, cette relation particulière qui unissait ses deux enfants, avait certainement semé le chaos dans cette famille. Mais était-ce sa faute si les gens avaient des vies si compliquées, avec tellement de choses à dissimuler ? Sa seule et unique motivation avait été la sauvegarde d'Anna. Sacha pouvait bien être tout à la fois le frère, l'amant et même le mari de la jeune femme, il était avant tout un homme violent. Et Gabrielle espérait que ce message-là, aussi, était passé.

D'ailleurs, la sexagénaire craignait que cette violence ne se retourne contre elle, en représailles à son appel. Elle fermait désormais sa porte à double tour lorsqu'elle était à son domicile, de jour comme de nuit, et faisait tout pour éviter de croiser les Malkine. Car même Anna, pour l'instant, devait être dans l'incapacité de comprendre le service que Gabrielle venait de lui rendre. Heureusement, elle connaissait les horaires du couple et restait plus que jamais attentive aux informations qui lui parvenaient de son plafond. Le quatrième étage était d'ailleurs bien calme. Gabrielle s'était attendue à du remue-ménage après son intervention, mais rien d'inhabituel ne s'était produit. Même les bruits de pas semblaient étouffés, comme si le frère et la sœur marchaient désormais sur la pointe des pieds.

Quel gâchis, se disait Gabrielle, alors que comme tous les soirs depuis quinze jours, dans le silence de son salon, elle faisait défiler sur Internet des témoignages de frères et sœurs en couple, ainsi que les nombreux avis d'experts sur la question… Comment des jeunes gens de bonne famille, si beaux et intelligents, avaient-ils pu se mettre dans une telle situation ? Gabrielle ne pouvait s'empêcher de songer à son propre frère et de frissonner de dégoût. Certes, Raoul n'avait pas le physique de Sacha Malkine. Mais eût-il été beau comme un dieu, jamais elle n'aurait pu envisager une telle union… Il y avait sûrement là-dessous un de ces traumatismes de l'enfance qui faisaient la fortune des psychiatres.

Elle n'avait parlé de cette histoire à personne même si le secret des Malkine, devenu aussi un peu le sien, lui pesait. Mais qui aurait pu, comme elle, essayer de comprendre plutôt que de juger ? Certainement pas Solange, que les questions d'ordre psychologique laissaient froide et qui ne se serait attachée qu'à l'aspect graveleux de la chose. Quant à Adrien, il lui ferait une nouvelle fois la leçon et la blâmerait pour son « ingérence »… Il était tard, près d'une heure du matin, et Gabrielle commençait à avoir du mal à garder les yeux ouverts. Elle termina néanmoins son exploration de la Toile par un tour sur Facebook. Son fil d'actualité s'ouvrit sur une photo qui lui serra le cœur. Son fils, entouré de son épouse et de ses filles, posait fièrement devant les premiers cartons de son futur déménagement. « J – 21 ! On commence à emballer », avait-il écrit en commentaire.

Le lendemain matin, n'y tenant plus, Gabrielle appela Adrien sur Skype. Il était un peu plus de dix-sept heures à Nouméa et son fils répondit tout de suite. Il était seul, Caroline étant partie chercher les filles qui passaient le samedi après-midi chez une copine de classe. Lui profitait de sa tranquillité pour trier des papiers…

— Il reste encore tellement de choses à faire avant de partir !

À la lumière crue qui éclairait le visage de son fils, Gabrielle lui trouva l'air un peu fatigué, mais serein. Aucune trace, dans sa mine ou son comportement, de leur précédente dispute ni du silence qui avait suivi. Gabrielle était si soulagée que, lorsque Adrien lui demanda comment elle allait, elle ne put s'empêcher de se délester de son fardeau :

— Ça va… Juste un peu préoccupée. J'ai appris des choses sur les voisins du dessus.

Adrien se rembrunit mais il ne dit rien. Gabrielle continua :

— En fait, Anna et Sacha ne sont pas mariés. Ils sont frère et sœur. Et ils sont en couple.

— Comment ça « ils sont en couple » ? Tu veux dire… ensemble ?

— Oui.

La stupéfaction d'Adrien était immense, mais elle céda rapidement la place à ce qui ressemblait à du mécontentement.

— Qui te l'a dit ? Qu'est-ce qui s'est passé ?

À cet instant précis, Gabrielle regretta de s'être ainsi

laissée aller à la confidence avec son fils. Il fallait à présent passer aux aveux. C'est ce qu'elle fit, en parlant de son coup de fil aux parents des Malkine. Quand Adrien la questionna sur la manière dont elle avait obtenu leur numéro, elle refusa de répondre, ce qui acheva de l'exaspérer.

— Tu sais quoi, demanda-t-il sèchement. Tu as raison. Ne me dis rien. Tes histoires ne m'intéressent pas. Ce sont toujours les mêmes, de toute façon, non ?

Gabrielle, ne comprenant pas où son fils voulait en venir, resta muette. Adrien, qui semblait à présent découragé, poursuivit :

— Pourquoi tu m'obliges à te traiter comme ça ? Pourquoi est-ce que tu obliges tout le monde à te traiter comme ça ?

Gabrielle avait envie de raccrocher. Mais quelque chose en elle la poussait à ne pas le faire, à provoquer son fils pour qu'il vide son sac et qu'il lui parle, enfin. Quelque chose devait être dit. Mais quoi ?

— Je ne sais pas ce que tu racontes, finit-elle par lui lancer avec agacement.

— Au contraire, tu le sais parfaitement.

Il y eut un silence durant lequel mère et fils se fixèrent, oubliant alors la distance qui les séparait ainsi que l'écran qui emprisonnait l'image de l'autre.

— J'ai passé mon enfance à te voir te faire humilier, piétiner par tout le monde… Tes parents qui n'ont jamais eu aucune considération pour toi et t'ont exploitée, ton cher frère, l'enfant-roi, qui t'a rackettée jusqu'à sa mort, ton mari qui t'a traitée comme une bonniche et trompée à tour de bras... Tu ne t'es jamais rebellée, tu étais présente, toujours prête à leur rendre service, la gentille Gaby sur qui on pouvait compter... Tu me bassinais avec tes souvenirs d'enfance, ta famille parfaite. J'en étais malade, je t'ai détestée d'être aussi soumise, aussi aveugle. La victime parfaite. J'étais trop jeune pour comprendre que tu n'étais pas aveugle mais que c'était juste ta vie, ce que tu avais toujours connu, ce que tes parents t'avaient appris : tu étais là pour te sacrifier. C'était la seule façon pour toi d'être acceptée, sans parler d'affection et encore moins d'amour, puisqu'on t'avait mis dans la tête que tu ne valais pas mieux que ça...

Une vision fugace traversa l'esprit de Gabrielle. Et un rire gras. Celui de son père. Le café. Son père, assis, la regardait ranger les chaises en fin de journée. *Allez Gaby, quand on n'est pas futée, il faut être utile*... Gabrielle sentit une légère nausée l'envahir et se concentra sur Adrien, qui la regardait lui aussi. Mais sans moquerie, avec tristesse.

— Après la mort de papa, tu aurais pu être enfin tranquille. Mener ta vie comme tu l'entendais... Au lieu de ça, tu as continué à jouer les sauveuses, les saint-bernard. En allant tellement loin, en t'immisçant à ce point dans la vie des gens qu'ils finissaient par te détester et par te traiter comme on t'a toujours traitée... J'ai senti la catastrophe arriver avec cette fille, Anna... Je m'attendais aussi au pire avec la précédente, Marie. Je ne te l'ai jamais dit mais j'avais eu une discussion avec elle. Je sortais de chez toi et elle se trouvait dans l'ascenseur quand je l'ai pris. C'était il y a un peu plus de trois ans, juste avant que nous décidions de partir pour Nouméa. Elle m'a demandé si j'étais ton fils et elle m'a parlé de toi. Tu t'occupais de sa fille quand elle rentrait de l'école, tu lui rendais des services, mais ton aide devenait pesante, envahissante, elle ne savait pas comment te le dire. Elle avait l'impression que tu questionnais sa fille, que tu fouillais chez elle. Elle m'a raconté que tu avais fait passer un véritable interrogatoire à son petit ami que tu avais croisé en bas de l'immeuble…

— Je n'ai jamais fouillé chez personne, l'interrompit brutalement Gabrielle. Marie était une femme en perdition, incapable d'élever sa fille correctement. J'imagine qu'elle ne t'a pas parlé de l'argent que je lui avais prêté ? Ça ne l'a pas gênée de le prendre, ce n'était pas « envahissant » ? Il faut croire que non, puisqu'elle ne me l'a jamais rendu…

La colère de Gabrielle se heurta à l'air désolé d'Adrien et disparut aussitôt. Elle se sentit idiote.

— J'aurais dû t'en parler, continua Adrien avec une certaine douceur dans la voix. Mais ce n'était pas la première fois que ce genre de chose arrivait, et je n'avais aucune envie d'être impliqué là-dedans.

Adrien fit une pause et prit son air concentré qui n'annonçait rien de bon pour la suite…

— Peut-être que, d'une façon ou d'une autre, la discussion que j'ai eue avec cette femme a influencé ma décision de quitter Paris. J'étais soulagé à l'idée de partir, de m'éloigner de toi. C'était le même sentiment que lorsque je m'incrustais chez mes copains d'école pour pouvoir dormir chez eux et ne pas rentrer à la maison.

— Je ne me suis jamais mêlée de ta vie, objecta Gabrielle. Même lorsque tu étais enfant.

— Parce que je ne t'en ai jamais donné l'occasion, fit Adrien en souriant. Mais ce n'était pas seulement toi qui me faisais fuir la maison. C'était lui, c'était vous deux ensemble…

— Ton père était difficile, l'interrompit Gabrielle, mais ce n'était tout de même pas un monstre. Tu exagères.

— Il était bien pire que ça. Parfois je rêvais qu'il te frappe. Au moins tu serais peut-être partie. Mais il te mettait à terre sans avoir à te toucher. C'était un salopard.

La voix d'Adrien trembla sur ce dernier mot et Gabrielle sentit un frisson la traverser. *Ça y est, nous y sommes. Quelque chose doit être dit…*

— Sa mort m'a soulagé. Pour la première fois, je me suis senti fier d'être ton fils.

Il y avait une forme de provocation dans le regard d'Adrien. Une attente. Mais Gabrielle, dont le souffle se fit court, ne réagit pas.

— Je sais que tu es persuadée de lui avoir rendu service. De lui avoir donné ce qu'il voulait, comme tu l'avais toujours fait. Mais moi je crois qu'inconsciemment, tu as mis fin à ce que tu ne pouvais plus supporter. Sa tyrannie. Il y avait eu la retraite, cette cohabitation permanente avec lui, avec ses remarques, ses exigences… Et puis sa première attaque, qui l'avait diminué et rendu encore plus invivable. Tu savais qu'un arrêt brutal de ses bêtabloquants lui serait fatal. Le médecin t'en avait parlé, moi aussi…

— Ton père ne voulait plus prendre ses médicaments, se défendit Gabrielle dans un sursaut. Qu'est-ce que j'aurais dû faire ? Personne ne pouvait lui imposer quoi que ce soit, même dans son état.

— Il ne parlait plus, il arrivait à peine à se déplacer… Est-ce qu'il se rendait seulement compte qu'il prenait des médicaments ?

— Il avait conscience de tout, crois-moi, affirma durement Gabrielle.

Surpris, Adrien se tut et des souvenirs enfouis affluèrent à la mémoire de sa mère. Les coups de canne que Sergio donnait sur le sol pour ponctuer chacune de ses demandes, chacun de ses ordres. Les mots incompréhensibles qu'il formulait avec peine et qui ressemblaient à des grognements lui intimant de rester assise près de lui. De ne pas bouger. Et ce regard intraitable. Lui signifiant son refus de coopérer. Exigeant la fin. Il y avait une telle dureté dans ses yeux. Ou était-ce seulement du mépris, celui qu'il n'avait cessé de lui témoigner durant toute leur vie commune ? Une vague de haine la submergea.

— Pourquoi es-tu parti, si la mort de ton père t'a rendu si fier d'être mon fils ? demanda-t-elle avec fureur. Pourquoi continues-tu à te cacher comme un enfant ? Je ne peux pas croire que c'est à cause de cette folle dans l'ascenseur… Tu as peur de quoi ?

— De toi. Ton obstination me fait peur. Ton intransigeance. Cette façon de ne voir que ce qui te préserve. C'est un jeu que je ne peux pas jouer avec toi. Et je refuse que Caroline ou les filles y jouent.

Comme si les mots d'Adrien les avaient convoquées, la bru et les petites-filles de Gabrielle firent entendre leurs rires en arrière-fond. Adrien tourna brièvement la tête en direction du bruit puis fit face à sa mère.

— Elles sont rentrées. Je vais devoir raccrocher. Je suis désolé…

De quoi était-il désolé ? De tout ce qui avait précédé, ou de se sauver comme un voleur pour ne pas risquer que ses filles parlent à leur dingo de grand-mère ? Gabrielle ne savait pas quoi dire à son fils. Alors elle lui demanda la date exacte de son départ pour le Cambodge, et lui souhaita bon courage. Ce fut elle qui raccrocha.

Elle n'en voulait pas à Adrien, sa colère l'avait quittée. Elle était juste épuisée. Il était à peine neuf heures du matin et elle avait la sensation d'avoir traversé une journée entière. Elle se mit à somnoler. Il était bien le fils de son père… Quel sens du mélodrame ! Tellement italien… Le visage de Sergio, encore jeune, s'imposa à elle. Il la suivait dans chaque pièce de leur appartement, critiquant le chemisier qu'elle portait, ses kilos en trop sur les hanches, le repas « trop français » servi à midi, lui interdisant d'allumer la télévision pour regarder ses émissions abrutissantes, lui reprochant son peu d'intérêt pour la lecture. Son manque de discernement. Ses airs aguicheurs dès qu'un homme croisait son chemin… Excédée, Gabrielle se mit à hurler et abattit plusieurs fois la télécommande sur le crâne de son mari. Elle se réveilla en criant et mit plusieurs minutes à comprendre où elle se trouvait. Sous ses doigts, elle sentit la douceur familière du velours recouvrant le canapé et cela la rassura. Son ordinateur était posé à côté d'elle. Elle était assise, le corps avachi, et se redressa légèrement. Elle ne put s'empêcher de sourire. Non seulement son fils la prenait pour une meurtrière, mais en plus il lui faisait faire des cauchemars…

42

La météo prévoyait de la neige dans la soirée. Le froid piquait la peau. Gabrielle patientait, à l'arrêt de l'autobus à Châtelet, avec d'autres infortunés qui, comme elle, étaient privés de métro. Un « incident voyageur » s'était produit sur la ligne 4, à la station des Halles, interrompant le trafic pour une durée indéterminée. Elle avait opté pour un transport de surface qui la laisserait à deux pas de chez elle, plutôt que pour le RER s'arrêtant à Denfert-Rochereau, et elle commençait à le regretter. L'attente était insupportable, elle grelottait. Décembre en était à ses débuts et s'annonçait glaçant.

Quand le bus arriva enfin, la masse des usagers qui s'étaient accumulés durant près de vingt minutes s'engouffra laborieusement dans le véhicule. Gabrielle se laissa porter et se retrouva tant bien que mal à l'intérieur, compressée mais au chaud. Durant le trajet qui lui sembla ne jamais finir, elle pensa au cours d'informatique qu'elle venait d'avoir, constatant qu'une fois de plus elle s'y était ennuyée.

L'enseignement de Max devenait un peu trop pointu à son goût. À quoi lui servirait d'apprendre à faire des tableaux ou de savoir mettre en pages un texte ? Elle n'avait personne à qui écrire. Et puis Solange s'attardait de moins en moins après les cours pour aller prendre le thé. Elle avait toujours une bonne raison de se sauver, une visite chez le médecin, ses enfants qui venaient dîner…

D'un autre côté, l'atelier avait au moins le mérite de l'occuper deux après-midi par semaine, ce qui, par ces temps de monotonie, était appréciable. Elle mourait d'envie de prendre des nouvelles d'Anna. Mais elle n'osait toujours pas appeler, encore moins s'aventurer dans le hall de l'immeuble ou dans les commerces du quartier aux heures où elle risquait de croiser la jeune femme ou son frère. Cela faisait maintenant trois semaines qu'elle vivait en quasi-recluse. Elle ne parvenait pas non plus à se décider pour cette histoire de chat. Elle venait pourtant de lire une annonce d'adoption sur le site de la clinique vétérinaire. Deux chatons femelles tigrés… Aller les voir lui donnerait l'occasion de discuter avec la charmante employée de l'accueil. Mais non. Quelque chose l'empêchait de mener ce projet à bien. Dans une période placée sous le signe de l'inaction, au moins les cours d'informatique amenaient-ils un peu de mouvement, même s'il ne s'agissait que des soubresauts d'un autobus bondé.

Le changement de température saisit Gabrielle quand elle descendit à son arrêt. Elle marcha rapidement jusqu'à l'entrée de son immeuble et découvrit dans le hall, près des boîtes aux lettres, un sapin de taille modeste mais joliment décoré. La gardienne avait œuvré dans l'après-midi et le résultat était plutôt réussi, même si Gabrielle détestait tout ce qui annonçait l'approche des fêtes. Comme chaque année depuis le départ d'Adrien, elle passerait la soirée du 24 devant sa télévision et irait déjeuner le lendemain au « Septième Art ». Comme chaque année, elle serait seule.

Une heure après être rentrée chez elle, Gabrielle entendit au-dessus d'elle le pas léger d'Anna. La jeune femme arrivait du travail et entamait un circuit, toujours le même, que Gabrielle suivait à l'oreille chaque soir : les piétinements dans le salon où la jeune femme écoutait certainement les messages sur son répondeur, le pas décidé qui la menait jusqu'à sa chambre où elle devait se changer, le détour par la salle de bains avant le retour dans la pièce principale… Deux heures plus tard, des pas lourds qui ne ressemblaient pas à ceux de Sacha Malkine se firent entendre, s'attardant dans l'entrée puis se dirigeant dans le salon.

Il y eut une plainte d'une détresse inouïe, dont Gabrielle se demanda si elle était le fait d'un animal ou d'un être humain. Il y eut des pleurs qui semblèrent ne plus vouloir s'interrompre. Ceux d'Anna.

43

Journal d'Anna, le 6 décembre

Je te regarde dormir.

Je n'ose plus te toucher mais je te regarde chaque nuit, pendant les quelques heures où tu parviens enfin à trouver le sommeil. Juste avant l'aube. Ma main se tend vers toi sans se poser. Et mon amour me reste dans la gorge et dans le ventre.

La nuit il m'arrive aussi de lire ce journal. Pardonne-moi. Et pardonne-moi aussi d'occuper ces pages que tu as décidé de déserter. À mon tour de « dire en silence », puisque la parole m'est devenue impossible.

Je ne veux pas te laisser sans mots face à l'acte que je m'apprête à commettre. Mais ces mots-là ne peuvent être dits. Tu ne voudrais pas les entendre. Tu en attends d'autres que j'ai renoncé à prononcer.

Tu as écrit que tu voulais reprendre vie. J'ai la conviction qu'il faut que je « prenne mort » pour que cela soit possible. Que je te libère de cet amour qui nous a tant tourmentés et qui ne pouvait exister que dans le secret. Loin du monde. Et surtout loin de nos parents dont le regard, je le sais, t'est si précieux. Moi j'ai renoncé très tôt à leur fierté et à leur approbation. J'ai assez vite fait le deuil d'un père qui m'a toujours considéré comme un moins-que-rien. Et d'une mère qui semblait m'aimer sans vraiment y penser. Je n'étais pas un intellectuel comme eux, ou comme toi. J'aimais les livres, tu le sais. Mais ils n'étaient qu'une distraction. Je les oubliais à peine refermés.

Tu as besoin des autres, pas seulement de moi. Je t'ai vue changer ces dernières semaines. Tu t'es épanouie. Tu as trouvé un travail que tu aimes, des gens qui t'apprécient et te font confiance. Tu as quitté le monde de la dépression, que notre solitude avait encore prolongée. Moi, notre solitude me convenait. Mais nous ne sommes plus seuls. Ni invisibles. Les autres nous voient désormais, ils voient ce que nous sommes. Ce que nous avons toujours été. Toi seule peux aller vers la lumière, elle te va bien. Moi je reste dans l'ombre.

Mourir est la seule façon de te quitter. Je n'y arriverai pas autrement. Je sais que je t'ai fait de la peine avec cette histoire de déménagement et de chacun chez soi. C'était ridicule. Rien ne peut nous séparer, nous avons déjà essayé. Nous avons rendu des hommes et des femmes malheureux en leur faisant croire que nous les aimions. Et nous nous sommes mis à la torture pour tenter d'y croire nous-mêmes.

Je ne regrette pas d'être venu te chercher pour t'emmener à Paris. Pour vivre enfin ce que nous avions à vivre. Ce que nous avons connu ici est à nous pour toujours. Peut-être que dans dix ou vingt ans tu auras l'impression d'avoir rêvé tout ça. Cette année passée ensemble. Alors je deviendrai un peu comme ces personnages de roman que tu aimes tant et qui vous hantent bien longtemps après avoir lu leur histoire. J'ai compris maintenant. Il y a des livres qu'on n'oublie pas. Des livres qui nous transforment peut-être.

Ma sœur d'âme.

Mon amour de sang.

Ne sois pas triste.

Je ne vais pas loin. Juste de l'autre côté.

Ton homme imaginaire

III

Maintenant et après

44

Ainsi, tel Ruy Blas, cet homme du peuple qui l'avait fait triompher au théâtre et rejoindre le panthéon des comédiens français, Gaspard Aubin choisit-il de se donner la mort. Arrivé à quatre-vingt-cinq ans, presque aveugle et désormais privé de cette scène qui lui manquait tant, il décida d'éteindre définitivement les projecteurs qui n'avaient cessé d'éclairer sa trajectoire singulière. C'est un vieil ami qui l'y aida. Un pistolet gardé en souvenir du tournage de Meurtre en coulisses, *un polar datant de 1952, sa période faste au cinéma. L'arme était chargée et ne quittait jamais le tiroir de son bureau.*

La nuit du 12 juillet 1985, après avoir donné sa soirée à son secrétaire, il s'installa dans la pièce centrale de son hôtel particulier, son sanctuaire. Là où, entouré de ses souvenirs et comme le gamin de Rouen qui s'appliquait à apprendre par cœur les chansons préférées de sa mère, il avait travaillé et mémorisé ses plus grands rôles. Il but un dernier whisky, ouvrit le tiroir et posa le pistolet sur sa tempe.

Son secrétaire le découvrit le lendemain matin. Au milieu de ce spectacle sanglant qui lui révulsa l'estomac, il trouva une enveloppe à son nom posée en évidence sur le bureau. À l'intérieur, en guise de mot d'adieu, ces deux phrases qui devinrent l'épitaphe de Gaspard Aubin : Je ne vais pas loin. Juste de l'autre côté du rideau.

Épilogue de *L'homme imaginaire* (extrait),
de Théodore Sargue.

45

Anna frappe à la porte de Gabrielle qui met du temps à lui ouvrir. La sexagénaire est pourtant là, Anna l'a entendue marcher, et elle devine à présent son regard inquiet derrière le judas. Lorsque le visage de sa voisine apparaît enfin, il n'est pas empreint de sa bonhomie habituelle. Les traits de Gabrielle sont tirés, son teint est cireux. Elle semble plus mince aussi. Le gros gilet qu'elle porte par-dessus son pull à col roulé semble un peu grand pour elle. Sa gêne est évidente, elle transparaît dans le sourire crispé et la porte qu'elle n'ouvre pas complètement.

— Anna, quelle surprise ! finit-elle par dire en boutonnant nerveusement son gilet au niveau de l'encolure.

— Bonjour Gabrielle.

Anna voit les yeux de sa voisine se poser sur la caisse de Monkey, qui se trouve à ses pieds, puis revenir sur elle, interrogateurs. « Vous nous invitez à prendre le thé ? » demande la jeune femme en guise d'explications. Prise de court, Gabrielle bafouille « Bien sûr, bien sûr » et laisse entrer Anna tout en s'excusant :

— Je ne suis pas très présentable, mais je sors à peine d'une grippe qui m'a clouée au lit pendant dix jours.

Il y a un peu de désordre dans l'appartement, d'habitude si bien rangé. Des kleenex usagés sur la table du salon, des boîtes de médicaments et un plateau-repas sur le canapé, une robe de chambre qui traîne sur une chaise, et un ordinateur portable par terre. Gabrielle fait rapidement de la place sur le canapé. Anna s'y assoit, pose la caisse à ses pieds et observe sa voisine, sa nervosité, son empressement à prendre le chemin de la cuisine, son silence. Elle en ressent une forme de contentement. Pour une fois, ce n'est pas elle qui s'inquiète et qui tremble. Elle n'a plus rien à redouter. Le pire s'est déjà produit.

La voix de Gabrielle s'éraille quand elle lui demande, depuis la cuisine, si un thé au jasmin lui convient. Anna répond oui et reste encore un moment seule avec Monkey qui ne bronche pas, tapi dans le fond de sa caisse. Puis elle propose à Gabrielle de l'aider mais celle-ci arrive, son plateau sur les bras.

— Désolée, je n'ai plus de biscuits, dit-elle en le posant sur la table avant de s'installer à l'autre bout du canapé.

Anna se tourne vers elle et lui sourit.

— Ça fait longtemps.

Gabrielle acquiesce. Anna sait que sa voisine pense à leur dernière rencontre deux mois plus tôt, devant le supermarché, et au coup de fil qu'elle a passé ensuite.

— Comment avez-vous fait pour avoir le numéro de nos parents ? demande-t-elle tout en se penchant pour s'emparer de la théière.

— Pardon ?

Anna tend sa tasse à Gabrielle et reprend, très calmement :

— Le numéro de nos parents… On s'est posé la question avec Sacha. C'était lorsque j'étais enfermée dans la salle de bains et que ma mère a essayé de me joindre ? Ça vous a donné l'idée de regarder dans le répertoire ?

Le visage de Gabrielle prend des couleurs tandis qu'elle s'explique.

— Je pensais que vous étiez en danger. Je devais faire quelque chose…

— Je sais, l'interrompt Anna. Vous vous êtes tellement trompée, Gabrielle.

La sexagénaire, tassée au fond de son canapé, ressemble à une petite fille prise en faute. Ou à Monkey au fond de sa caisse. Anna poursuit :

— Vous vous êtes trompée de secret. Mais c'est en grande partie à cause de moi. J'aurais dû vous dire ce que nous disions à tout le monde : nous étions un frère et une sœur qui cohabitions le temps de nous sortir de nos problèmes. Moi et ma dépression, Sacha et son récent divorce…

Le regard d'Anna se pose sur les photos de famille de Gabrielle et s'attarde sur celle du mariage de sa voisine. Elle est reconnaissable dans sa robe blanche dont son époux, à côté d'elle, tient une partie de la traîne. Elle a l'air d'une enfant, un peu comme aujourd'hui. Lui semble impatient que la séance se termine, souriant à peine sous sa moustache brune.

— Je crois que j'avais besoin que quelqu'un le sache et

nous voie comme un couple, reprend Anna en portant à nouveau son attention sur Gabrielle. C'est tombé sur vous. Ce n'était sûrement pas le meilleur choix. Mais vous étiez là, vous posiez des questions… J'étais tellement seule, et vous aussi. Je ne pensais pas qu'on en arriverait là. Que vous prendriez Sacha pour le pire des hommes… Mais Sacha n'avait rien à voir avec Sergio, vous comprenez ?

Anna voit Gabrielle accuser le coup, son visage et son corps se crispant comme sous l'effet d'une douleur fulgurante. Elle-même sent l'émotion la gagner et serrer sa gorge, mais elle tient bon. Aujourd'hui c'est elle qui parle, et elle n'arrêtera que lorsqu'elle aura terminé.

— Il est mort il y a un mois et demi, le 7 décembre. Il s'est jeté sous le métro, à la station des Halles…

— Je sais, dit Gabrielle d'une voix hésitante. La gardienne m'a mise au courant.

— Bien sûr, sourit Anna qui laisse passer un instant avant de reprendre. Il m'a écrit une lettre, sur mon journal, pour expliquer son geste. Je ne l'ai vue que plusieurs jours après sa mort. Je n'avais pas besoin d'explications pour comprendre que c'était le seul moyen qu'il avait trouvé pour me libérer de lui… Il m'a volé mon rôle. C'est moi qui aurais dû me jeter sous ce métro.

— Ne dites pas ça, proteste Gabrielle qui semble subitement prendre vie.

— C'est vrai. Il m'a protégée jusqu'au bout. Et il continue… Les secours ont trouvé un mot sur lui, le nom de la personne à contacter en cas d'accident. Ce n'était pas moi, mais Jacques, son employeur. Son seul ami à Paris. Je suis sûre que Sacha ne voulait pas que j'apprenne sa mort de façon brutale, par un coup de fil ou la visite des policiers. Il voulait que Jacques s'en charge, et c'est ce qu'il a fait. Il m'héberge aussi, dans sa maison de Trouville. Je m'y suis installée après l'enterrement. Sacha savait qu'il prendrait soin de moi. Quelques jours avant de se suicider, il lui avait tout raconté sur nous…

Anna boit une gorgée de thé. Sa gorge est douloureuse. Gabrielle l'imite puis prend la parole, avec précaution :

— Et vos parents, est-ce qu'ils s'occupent de vous ?

Anna plonge son regard dans les yeux fiévreux de Gabrielle. Elle prend son temps pour répondre. Ce moment confirme ce qu'elle savait déjà : elle n'a pas besoin de haïr cette femme, qui n'a fait que pousser sa vie du bord du précipice où elle se trouvait déjà et d'où elle aurait fini par tomber, tôt ou tard.

— Ils sont venus à Paris pour l'enterrement. Mon père m'a seulement dit bonjour. Ma mère n'a pas réussi à me parler, ni à me regarder en face. Elle m'a serrée dans ses bras en arrivant au cimetière et puis elle s'est éloignée le plus possible de moi. Jacques pense que c'est une question de temps. Que ma mère, en tout cas, reviendra.

— Il a raison, une mère ne peut pas renier sa fille.

« Gabrielle est de retour », se dit Anna face à tellement de bon sens, et elle pourrait en rire si elle n'avait pas tant envie de pleurer. Un miaulement se fait entendre. Gabrielle se penche vers Monkey.

— Il a peut-être soif ? demande-t-elle à Anna qui se penche à son tour.

— Est-ce que vous le voulez ?

Gabrielle semble ne pas avoir compris sa question.

— Ce chat me rappelle trop la vie avec Sacha. Et de toute façon, il ne supporte que vous.

Anna voit Gabrielle se redresser et réfléchir, un peu hébétée. Elle aperçoit aussi un soupçon de sourire sur les lèvres de sa voisine et s'attend à la réponse qui suit :

— D'accord.

Anna propose d'aller acheter ce qu'il faut pour Monkey au supermarché à côté, mais Gabrielle lui assure que ce n'est pas nécessaire. Elle ira elle-même, ça l'obligera à sortir.

— Je vais vous laisser alors, dit Anna en se levant. J'étais venue pour ça. Et aussi pour faire le tri dans les affaires de Sacha, avant que Jacques vienne vider l'appartement et remettre les clés au propriétaire. Mais ça, je n'y arriverai pas. C'est déjà tellement difficile de se trouver dans cet immeuble, alors aller là-haut…

Gabrielle raccompagne Anna jusqu'à la porte.

— Et votre travail, vous allez y retourner ?

Anna ne sait pas. François aussi a été adorable avec elle depuis la mort de Sacha. Il lui a assuré qu'elle pouvait prendre le temps dont elle avait besoin. Sur le palier, elle est prise de cette envie de partir en courant, la même qui la faisait déguerpir chaque fois qu'elle sortait de chez Gabrielle. Cette dernière a l'air de s'en rendre compte.

— Partez vite, fait-elle en désignant l'ascenseur d'un mouvement de tête.

Lorsque l'ascenseur arrive, Anna s'empresse d'y monter. L'espace de quelques secondes, elle hésite entre le bouton du quatrième et celui du rez-de-chaussée. Gabrielle doit certainement guetter sa décision. Finalement, la cabine descend.

46

Le plancher grince au-dessus de sa tête. Hier matin, les déménageurs n'ont cessé d'aller et venir dans l'escalier, s'interpellant, cognant les meubles qu'ils transportaient contre le mur ou la rampe. Une femme célibataire d'une trentaine d'années vient de s'installer dans l'ancien appartement des Malkine. C'est la gardienne qui lui a appris qu'il s'agissait d'une femme seule. Gabrielle ne l'a pas encore vue.

Elle termine de petit-déjeuner, assise dans le salon, et les sons qui lui arrivent du quatrième ravivent des souvenirs. Elle pense à Anna. La jeune femme est-elle finalement revenue à Paris ? A-t-elle repris son travail ? A-t-elle renoué avec ses parents ? Gabrielle cherche régulièrement des réponses à ces questions sur Internet, mais Anna demeure introuvable sur les réseaux sociaux. Cependant, elle n'est pas inquiète. Anna s'en sortira. Maintenant qu'elle est débarrassée de cette relation toxique qui l'enchaînait à son frère, et une fois le chagrin passé, elle ne pourra qu'aller de l'avant. Gabrielle frissonne en songeant à Sacha Malkine, si beau et si néfaste. Son suicide avait certes été une tragédie, mais c'était également le plus grand service qu'il avait pu rendre à sa sœur.

Depuis le canapé, elle entend un bruit sourd, désormais familier, qui interrompt ses pensées. Monkey vient d'atterrir sur le plancher de la chambre après avoir sauté du lit. Le chat arrive en trottinant dans le salon et vient se lover contre elle. Encore quelque chose de bon qui est sorti de tout ce malheur, pense Gabrielle en caressant le félin qui se met à ronronner.

— Nous avons enfin une voisine, mon petit singe, lui dit-elle avec tendresse. Et si je passais la saluer ce soir ?

Monkey lève les yeux vers elle, comme pour manifester son approbation.

Au-dessus, des pas se dirigent vers la porte d'entrée. Gabrielle sourit. La locataire du quatrième part peut-être travailler. La sexagénaire abandonne Monkey pour prendre le chemin de la cuisine. Un sentiment d'allégresse l'envahit, alors qu'elle commence à sortir des placards les ustensiles nécessaires à la confection de son cake au citron. Un « inratable », qui ne lui a toujours valu que des compliments, même de la part d'Anna… La nouvelle voisine sera conquise elle aussi. Gabrielle a hâte de lui souhaiter la bienvenue. Elle en est persuadée : rien de tel qu'un visage amical et un peu de sucre pour nouer des liens et adoucir les plus grandes solitudes.

Merci à Fabienne Blanchut et à Tatiana de Rosnay

Composition : IGS-CP à L'Isle-d'Espagnac (16)
Achevé d'imprimer
par CPI Firmin-Didot
à Mesnil-sur-l'Estrée, en janvier 2019
Dépôt légal : janvier 2019
Numéro d'imprimeur : 150991

ISBN : 978-2-07-279734-7/Imprimé en France

336626